오르한 파묵

변방에서 중심으로

오르한 파묵

변방에서 중심으로

이난아

민음사

20 Ocak 2012 İstanbul

Korece çevirmenim ve arkadaşım Nana benim ki-
taplarımı benden daha iyi bilir. Bir konuyu, bir ayrın-
tıyı daha önce nasıl nerede anlattığımı unutmuşsam
telefon eder Nana'ya sorarım neredeydi diye.

Orhan Pamuk

2012년 1월 20일 이스탄불

내 작품의 한국어 전담 번역자이자 친구인 이난아 씨는
나의 책들을 나보다 더 잘 아는 사람입니다.
내가 전에 다루었던 소재나 세부적인 것을 어떤 책에서,
어떻게 서술했는지 잊어버렸을 때 그녀에게 전화해서
"그 부분이 어디에 나왔지요?"라고 묻습니다.

—오르한 파묵

서문

오르한 파묵과의 인연은 『하얀 성』의 독자로 시작되었다. 나는 1989년부터 1997년 사이에 터키에서 터키 문학 석박사 과정을 이수 중이었는데, 이즈음에 파묵은 이미 몇 권의 소설을 발표한 나름 중견작가 그룹에 이름을 올려놓았던 시기였다. 하지만 석박사 과정 커리큘럼에 파묵의 작품들이 들어가 있지도 않았고, 그의 문학 세계에 대해 강의를 하는 교수도 없었다. 그저 터키 현대 문학사에서 한두 번 작품이 거론될 뿐이었다. 그 이유로는 여러 가지를 들 수 있겠지만, 아마도 파묵이 당시 유행했던 소재나 스타일로 작품을 쓰는 작가가 아니었다는 점이 가장 컸을 것이다. 다른 추측을 해 보자면, 언제든지 작품 성향을 바꿀 가능성이 있는 젊은 작가이기에 어떤 부류에 넣어 다룰지 결론이 나지 않았을 수도 있었을 것이다. 뿐만 아니라 파묵은 어떤 작가 단체에 가입하지도 않고 홀로 활동하는 작가였고, 문학 심포지

엄이나 언론에도 별로 얼굴을 내밀지 않은 채, 묵묵히 집필에만 전념하는 작가였다. 그의 이러한 성향은 지금도 크게 달라진 건 없다.

『하얀 성』은 내게 그야말로 신선한 충격이었다. 박사 학위 논문이 터키 문학에서의 동서양 갈등 문제에 관한 것이었기 때문에 나는 이 주제를 본격적으로 다룬 작품들을 읽어야만 했다. 사람들과 가끔 내 논문 주제에 대해 이야기하면, 내가 외국인, 게다가 당시에는 흔치 않은 동양인 학생이었기 때문에, 그들은 내게 관심을 보이며 파묵의 이 작품을 꼭 읽어 보라고 권하곤 했다. 물론 당시 터키에도 파묵 작품에 관한 학사, 석사 논문이 있었지만 그리 비중 있게 다루어지는 작가는 아니었다.

박사 논문을 쓰던 어느 날, 8시 저녁 뉴스가 시작되기 바로 직전이었다. 파묵의 신간 『새로운 인생』 광고가 텔레비전에 나왔다. 나는 깜짝 놀랐다. 프라임타임인 데다가 책, 게다가 소설을 그 시간에 광고하는 것은 그때까지 본 적이 없었기 때문이다. 화면에서는 책 표지와 함께 "어느 날 한 권의 책을 읽었다. 그리고 나의 인생은 송두리째 바뀌었다."라는 구절이 흘러나왔다.

『하얀 성』의 환상적이며 마법 같은 느낌이 여전히 남아 있던 터라 곧장 『새로운 인생』을 사서 읽기 시작했다. 그 유명한 첫 문장 "어느 날 한 권의 책을 읽었다. 그리고 나의 인생은 송두리째 바뀌었다."를 읽는 순간 또다시 파묵의 강렬한 문장에 빠지고 말았지만 쉽게 읽히는 책은 아니었다. 당시 같은 과에서 학위를 하고 있던 친구가 입원해서 병문안을 갔는데, 그 친구 역시 이 책을 읽고 있었다. 나도 읽고 있는데 진도가 나가지 않는다고 하자,

친구도 "나도 그래. 근데 요즈음 베스트셀러라고 사다 줘서 읽고 있어! 유행이라니 나도 한번 읽어 봐야지 뭐."라고 했다. 그러니까 이 작품은 '유행'이라는 이유로 엄청난 판매 부수를 기록하기도 했다. 파묵이 한 인터뷰에서 "나의 작품들 중 가장 난해한 작품은 『새로운 인생』입니다."라고 밝힌 바 있듯이, 이 소설은 읽어 내려가기 수월한 작품이 아니다. 터키 역사, 문화사, 사회사에 관한 사전 지식이 있어야 조금이나마 공감하며 독서할 수 있는 작품이기도 하다. 이렇듯 박사 학위 논문 때문에 본격적으로 접하게 된 파묵이었지만, 그의 작품에서 느낄 수 있는 이국성과 강렬함, 상호 텍스트성, 크로스오버 등 다양한 문학적 기법, 그리고 여전히 우리 모두의 관심을 끄는 '자아 모색' 등 그의 작품 세계를 한국 독자들과 공유하고 싶다는 생각이 이즈음 내 안에서 싹트게 되었다.

내가 한국에서 터키어를 전공하여 학부를 마치고, 터키의 대학에서 문학박사 과정을 마치기까지 이국 생활과 연구로 보낸 지난한 세월 동안, 터키 문학의 오랜 역사와 문학의 저변, 그리고 문학 작품들의 녹록치 않은 수준을 절감할 때마다 연구 의욕을 되살리곤 했다. 특히 파묵을 주목하고 그의 작품들을 국내에 소개할 결정을 내릴 때만 해도 국내 독자로부터 지금 같은 열렬한 호응은 상상하지도 못했다. 사실 미국이나 유럽 또는 일본과 달리 우리나라 사람들에게 그리 친숙하지 않은 터키라는 나라의 작가인 점과, 우리나라에 소개된 터키의 문학 작품이 거의 없었던 사정을 볼 때 파묵의 작품들이 국내에서 받고 있는 호평은 나의 예상을 뛰어넘는 것이다.

물론, 파묵의 여러 소설들을 관통하는 주요 주제가 동서양 문명의 충돌과 그 상황 속의 정체성 모색이라는 점이 우리나라의 근현대사를 짓눌러 온 외세와의 갈등이라는 화두와 일맥상통할 수도 있다고 생각했고, 이러한 면에서 그의 소설이 우리나라 독자들에게서 어느 정도 공감을 끌어낼 수 있을 거라는 믿음은 있었다.

한국에 돌아온 후 파묵의 작품들에 관한 논문들을 발표하고 작품을 번역하는 과정에서 많은 학생들 그리고 독자들로부터 그의 작품이 난해하다는 이야기를 이러저러한 통로를 통해 듣게 되었다. 그런 말을 들을 때마다 나 역시 파묵 작품을 처음 접했던 시절을 떠올리며 고개를 끄덕이기도 했다. 나의 이러한 경험을 떠올리며, 파묵의 작품을 좋아하고 이해하고자 하는 독자들에게 조금이나마 도움이 될까 하는 바람으로 이 책을 집필하게 되었고, 가능한 한 쉽게 풀어 가려고 노력했다는 점을 밝히고 싶다.

이를 위해 현재까지 국내에 소개된 파묵의 작품에 대한 소고가 담긴 글 외에, 파묵과의 인터뷰나 작가와의 교감에 대한 글 등 작품 외적인 내용(물론 이 역시 작품과 연관하여 서술하고자 했다.)도 담으려고 했다. 파묵을 처음 만났을 때부터 지금까지, 작가와 연구자 또 번역자로서의 만남과 그동안 나누었던 이야기들에 대한 기억이 희미해지기 전에 기록하고 싶은 나의 개인적인 욕망이 있었다는 점도 부인할 수 없을 것 같다. 기억이란 교활한 것이라 곧잘 잊히고, 나중에는 사건의 순서나 사실도 왜곡되기 십상이다. 물론 나 혼자 써 놓고 생각날 때마다 가끔 추억을 곱

씹을 수도 있겠지만, 파묵의 작품을 번역하게 된 과정과 기억에 남는 사건들을 그를 좋아하는 독자들과 공유하고 싶은 치기 어린 욕심 때문에 이러한 책을 출간할 용기를 내게 되었다. 그저 파묵과 그의 작품들을 이해하기 위한 첫걸음 정도의 소박한 책으로 받아들여졌으면 한다. 이러한 이유로 이 책에서는 파묵을 이해하는 데 도움을 될 그의 인생 내력, 개인적 사상이나 작가 주변의 사적인 공간들도 보여 주고자 했다.

이미 터키에서는 파묵에 관한 비평서가 많이 출간되었고, 미국에서도 학위 논문이 나올 정도로 그는 이제 세계 문학의 중심부에 자리 잡게 되었다. 국내에서도 한 인터넷 서점에서 『내 이름은 빨강』과 『순수 박물관』이 '올해의 책' 후보로 선정되는 등 적지 않은 인기를 끌고 있고, 한국 작가들이나 비평가들도 종종 파묵의 작품에 대해 언급하는 것 또한 사실이다. 이러한 여러 가지 이유로 이제 한국에서도 부족하나마 파묵 관련 책이 나왔으면 하는 나의 사적인 바람의 결과로 이해해 주었으면 한다.

이 책에서 파묵과의 교류와 관련한 사연과 자료의 소개에 덧붙여서 그의 작품에 대한 나의 생각을 다루는 것은, 물론 내가 파묵 작품의 한국어 전담 번역가이자 연구자라는 이유도 있지만, 오스만 제국 이래 터키의 가장 첨예한 문제, 즉 동서양 갈등 및 충돌 문제가 그의 거의 모든 작품에서 심도 있게 다루어지고 있어 터키 사회 더 나아가서 이슬람과 그 세계를 이해하는 데 미약하나마 도움이 될 거라고 생각했기 때문이다. 한국과 터키 간의 교류가 다방면으로 더욱더 활성화되고 있는 현 시점에서, 세계적인 작가의 작품을 통해 터키를 이해하는 것이 양국 간의 다양한 교류나 발전을 위한 작은 초석이 되었으면 하는 바람 또한 없지 않다. 문학 작품이야말로 그 나라의 역사, 사회, 문화, 영혼 등을 반영하고 표현하는 인간 정신의 한 양상이니까. 더 나아가 이 책이 터키 이해와 동서양 문제에 더하여, 이슬람 세계의 이해가 부족한 한국 현실에서 이슬람과 중동의 이해에 보탬이 되었으면 하는 바람도 가져 본다.

이 책에는 파묵, 그의 작품과 관련된 사진 자료들이 실려 있고, 파묵의 육필 원고도 몇 점 들어 있다. 파묵의 집필실에 갈 때마다 그가 직접 건네 준 것들인데, 이러한 것들을 공개하는 이유는 파묵과 관련된 다양한 자료들을 독자들과 공유하고 싶었기 때문이다. 이 책이 파묵 그리고 그의 작품들, 그리고 터키 사회와 문화에 관심 있는 독자들에게 작으나마 갈증을 해소해 줄 수 있는 매개체가 된다면 터키 연구자이자 파묵의 번역자로서 이보다 더 큰 행복과 보람은 없을 것이다.

나는 한국에서 터키 문학 연구, 터키 문학 번역 1세대로서 항상 후학들이 꿈을 이룰 수 있도록 작은 디딤돌을 놓아 주는 삶을 살고 싶다고 생각했다. 다음 세대가 꿈을 꿀 수 있고, 이룰 수 있도록 준비하는 사람. 남의 꿈을 준비하게 하는 사람. 내가 이러한 삶을 산다면, 살고 있다면 이 또한 커다란 행복이 아닐까?

아무 때나 사전에 연락도 없이 문을 똑똑 두드리면 반갑게 맞아 주시는 한국외대 김대성 교수님. 애초에 문학 공부를 시작할 수 있도록 용기를 북돋워 주신 연규석 교수님. 이분들이 내게 보내는 환한 웃음, 이 또한 내게는 작지 않은 행복이다. 살아가면서 갚을 빚이다.

오르한 파묵의 도움과 따뜻한 배려가 없었더라면 이 책은 세상의 빛을 보지 못했을 것이다. 우정을 다해 감사의 마음을 전한다.

2013년 3월
이난아

차 례

1

오르한 파묵의
삶과 문학

오르한 파묵은 1952년 터키 이스탄불 모다에 있는 병원에서 세상과 첫 눈 맞춤을 나누었다. 그 후 파묵은 어렸을 때부터 지금까지 이스탄불의 번화가이자 중상류층이 사는 니샨타쉬라는 지역에 있는, 자신의 가문의 이름을 딴 '파묵 아파트'에 살고 있다. 그의 소설들, 예컨대 『제브데트 씨와 아들들』, 『새로운 인생』, 『검은 책』, 『이스탄불 — 도시 그리고 추억』, 『순수 박물관』 등 거의 모든 작품이 니샨타쉬를 배경으로 전개된다. 이 지역에 사는 주인공들의 삶, 고뇌, 사랑, 방황 등이 터키 사회상과 맞물려 묘사되고 있다.

『제브데트 씨와 아들들』과 『검은 책』 같은 소설에 그려지는 대로 '파묵 아파트'의 각기 다른 층에 친척들이 모여 살았고, 그는 이 대가족 속에서 성장했다. 파묵의 가족은 아버지 귄뒤즈, 어머니 셰큐레, 형 셰브케트로, 그의 거의 모든 작품에 비슷한 가족이 등장하는 것을 발견할 수 있다.

파묵의 아버지는 형제들과 마찬가지로 공학도였다. 노벨 문학상 수상 연설인 「아버지의 여행 가방」과 『이스탄불』에 자세히 언급되어 있듯이, 그는 부유한 집안의 자제로 경제적 어려움 없이 인생을 맘껏 즐기며 살다간 인물이다. 파묵이 「아버지의 여행 가방」에서 "아버지는 큰 서재를 가지고 있었습니다. 당신이 한창때이던 1940년대 후반에 이스탄불에서 시인이 되고 싶어 했습니다. 발레리의 시를 터키어로 번역하기도 했으며"라고 썼듯이, 문학을 좋아했던 사람이기도 하다. 하지만 천성적으로 낙천적이고 사람들과 섞이기를 좋아했기 때문에 철저하게 자신을 유폐시키는 외로운 문학가는 될 수 없었다. 그런 그는 파묵이 작가가 되겠다고 결심한 후에는 정신적으로 가장 많은 지원을 해 주었고, 어느 날엔가는 세계가 알아주는 작가가 될 거라고 격려하며 용기를 북돋워 준 이해심 많고 자상한 아버지였다.

어머니 셰큐레 역시 파묵의 많은 작품에 등장하는 인물로, 『내 이름은 빨강』에서는 어린 오르한의 어머니 '셰큐레'로 그려진다. 특히 『새로운 인생』과 『검은 책』에 묘사되는 어머니 캐릭터는 파묵 자신의 어머니의 반영이라고 할 수 있다. 지금 그의 어머니는 고령이지만, 파묵이 "나는 여전히 어머니의 심기를 불편하게 하는 일을 할까 봐 전전긍긍한다."라고 할 정도로 그에게는 절대적인 존재이다. 2010년에 출간된 『풍경의 조각들』이라는 산문집의 서문에서는, 어머니가 어떻게 아들이 『내 이름은 빨강』 같은 소설을 썼는지 놀란다고 밝히기도 했다. 다른 소설들은 파묵 자신의 삶과 가족을 재료로 썼기 때문에 놀랍지 않지만, 이 작품만

큼은 당신이 아는 아들이 어떻게 그런 소설을 썼는지 도무지 이해하지 못하겠다는 것이다. 파묵은 어머니의 이 말이 작가로 살면서 들었던 가장 커다란 찬사였다고 썼다. 그리고 어머니와 독자들을 한 번 더 놀라게 할 작품들을 쓸 시간이 앞으로 충분할 거라고 덧붙였다.

파묵에게는 18개월 차이가 나는 형 셰브케트가 있다. 셰브케트의 존재 역시 그의 많은 소설에서 느낄 수 있다. 셰브케트는 우등생으로 미국 대학에서 수학하고, 그곳에서 교수 생활을 하다가 지금은 이스탄불 명문 보스포루스 대학에서 오스만 제국 경제사 교수로 재직하고 있다. 언론에도 자주 등장하는 유명한 석학이다. 셰브케트의 부인 역시 같은 대학의 교수이며, 이들의 딸은 세계 수학 올림피아드에서 수상을 하는 등 파묵 집안은 그야말로 수재들로 가득 차 있다.

어렸을 때부터 존재했던 오르한과 셰브케트 간의 질투심과 경쟁심은 『이스탄불』의 32장 「형과의 싸움」에 자세히 서술되고 있다. 형의 존재는 파묵 문학의 근간이라고 해도 틀린 말은 아닐 것이다. 그는 《파리 리뷰》 인터뷰에서 "나의 형은 나의 아버지, 말하자면 프로이트적 아버지였고, 그 분신이었으며, 권위의 표상이었다. 다른 한편으로 우리 두 사람은 경쟁자적, 형제적 동료 의식을 가지고 있기도 했다. 아무튼 그와 나는 매우 복잡한 관계였다."라고 밝힌 바 있다. 이렇듯 형은 파묵의 경쟁자이자 질투의 표상이었지만 『내 이름은 빨강』 집필 직후 썼던 글에서는 형이 자신의 인생에 미친 긍정적인 영향에 대해 고백하는 것도 잊지 않았다.

파묵은 으쉬 고등학교 부속 초등학교와 쉬실리 테라키 중학교를 다녔다. 『이스탄불』에서 그의 초등학교 시절을 자세히 그렸다. 특히 13장 「학교생활의 지루함과 즐거움」에서는 초등학교에 입학해서 친구들을 알게 되는 즐거움, 개구쟁이 친구들이 선생에게 벌을 받았던 사건들, 좋아했던 짝꿍 등 그 시절의 추억을 자세히 서술하고 있다.

그는 1966년에 로버트 칼리지 고등학교에 입학했는데, 고등학교 시절은 『이스탄불』에도 자세히 언급된바, 혼자 있기를 좋아해서 특히 그림에 전념하던 시기였다. 그는 만원 버스를 타고 아침 일찍 학교에 가면서, 아시아 쪽 해안가 언덕 뒤에서 해가 떠오르는 모습과 어둡고 신비스러운 바다처럼 꿈틀거리는 보스포루스의 물이 색을 바꾸며 밝아지는 모습을 바라보는 것을 좋아했던 감수성 풍부한 청소년기를 보냈다. 그러나 할아버지와 아버지, 삼촌처럼 집안 내력에 따라 당연히 공과대학에 진학해야 한다고 생각했다.

그리고 1970년에 이스탄불 공과대학 건축학과에 입학했으나 3학년 때 작가가 되기로 결심하고 자퇴를 하게 된다. 학교 교육에 관하여 파묵은 "나는 학교에서 별로 배운 게 없다. 무언가를 배웠다면 나 혼자, 스스로 배웠다고 할 수 있다."라고 말한 적이 있다. 작가가 되기로 결심하게 만들었던 근본적인 원인이 무엇인지 묻자 "18~19세 때 주위를 보며 느꼈던 분노였다. 그 주위에서 벗어나 방에 홀로 남아 그 분노에서 얻은 에너지로 무언가 창조하고 싶었다, 근본적으로. 이것이 첫 번째 이유일 것이다, 어쩌면. 또 나는 지독한 책벌레였는데, 내가 읽은 책들처럼 무엇인가를 창조하고 싶었던 것이 두 번째 이유라고 할 수 있다."라고 답한 적 있다.

공학도 시절 파묵의 방황과 고뇌는 『새로운 인생』과 『이스탄불』의 주요 소재가 되었다. 특히 '한 권의 책'을 읽고 '인생이 송두리째 바뀌어' 그 책의 영향으로 이스탄불을 떠나 터키 방방곡곡을 여행하는 로드 소설의 성격을 띤 『새로운 인생』의 주인공인 이스탄불 공과대학생 오스만은 파묵의 자아 반영적인 인물이다.

이후 파묵은 이스탄불대학교 저널리즘학과를 졸업했는데(1976년) 『눈』에서 주인공 카가 신문기자를 사칭하여 터키 변방 도시 카르스를 방문하는 것이나, 『검은 책』에 중간중간 모자이크식으로 삽입된 제랄의 칼럼에서 파묵의 전공인 저널리즘과의 연관성을 엿볼 수 있다.

파묵은 1982년 아일린 튀레귄과 결혼했고, 1991년에 딸을 낳았으며, 2001년 이혼했다. 그는 『검은 책』을 비롯하여 많은 작품을 딸 뤼야에게 헌사했다. 『검은 책』의 여주인공 이름 역시 뤼야이다. 파묵의 지극한 딸 사랑은 『다른 색들』(국내 미출간)이라는 산문집에 자세히 언급되는데, 뤼야가 그의 삶에서 가장 소중한 존재이자 가장 좋은 친구라고 주저 없이 말하고 있다.

파묵은 1985년에서 1988년 사이에 미국 컬럼비아 대학교 방문 학자로 뉴욕에 체류했고 그때 『검은 책』을 구상하며 집필을 시작했다. 그는 이 시기 전까지 이슬람 문화에 큰 관심이 없었지만, 미국에 체류하면서 자신의 동양적 정체성을 인식하게 되었고, 이슬람 문화와 문학에 지대한 관심을 갖게 되었다. 이러한 결과 이슬람 고전문학을 포스트모더니즘과 접목한 『검은 책』이 탄생했다.

나는 '오르한 파묵은 1952년 6월 7일 이스탄불에서 태어났다.'라고 그를 소개하곤 한다. 파묵이라는 인물의 탄생과 작가의 탄생을 동시에 말해 주는 상징적인 문장이기 때문이다. 파묵에게 이스탄불은 작가로서의 정체성이며 그의 유일한 세계이다. 그는 기회가 있을 때마다 이스탄불에 대한 예속감을 나타내는 발언을 하는데 『이스탄불』에서도 예외 없이 이러한 마음을 표현하고 있다.

> 나는 내가 태어난 날부터 시작하여 내가 살았던 집, 거리 그리고 마을을 한 번도 떠난 적이 없다. 오십 년 후에(가끔 이스탄불의 다른 곳에 살기도 했지만) 다시 파묵 아파트에서, 어머니가 나를 품에 안고 처음 세상을 보여 주고, 처음 사진을 찍었던 곳에 (중략) 살고 있다. 다량의 이주 그리고 이주자들이 자신들의 삶과 주위에 미친 변화들로 형성된 어느 시대에, 항상 같은 곳에, 더욱이 오십 년간 항상 같은 집에 사는 것. (중략) 콘래드, 나보코프, 나이폴처럼 언어, 국민, 문화, 나라, 대륙, 더욱이 문명을 성공적으로 바꾸면서 글을 쓴 작가들이 있다. 그들이 창조적 정체성을 유배 혹은 이주에서 얻었던 것처럼, 내가 항상 같은 집, 거리, 풍경 그리고 도시에 매여 사는 것이 나를 나타낸다는 것을 알고 있다. 이스탄불에 대한 이 예속감은, 도시의 운명도 사람의 성격이 된다는 의미이다.

파묵은 작가가 되기 이전에, 부유하고 교양 있는 집안 배경과 분위기의 영향으로, 특히 아버지가 소유하고 있던 거대한 서재 덕분에 엄청난 독서 과정을 거쳤다. 이 독서의 시간이 작가로서의 그의 정체성을 형성하는 데 큰 도움이 되었으리라는 것은 자명하다. 그는 1974년에 전업 작가를 선언한 후 지금까지 꾸준히 작가의 길을 가고 있다.

한 존재로서의 작가가 탄생하는 과정에는 여러 경우의 수가 있겠으나, 파묵처럼 작가가 되겠다고 선언한 이후 다른 행보나 곁가지 없이 우직하고 올곧게 작가로서의 정체성을 지키며 집필을 해 나가는 경우는 사뭇 드물다. 파묵은 「작가의 일상」이라는 글에서 "하루에 몇 장을 쓸까? 나는 계산해 보았다. 나는 이십 년 동안 글을 써 왔다. 그동안 내가 쓴 글의 페이지 수를 더하고 나누고 곱해 보았다. 사실 최근에는 해외에 나갈 일을 비롯해 새로운 일이 많이 생겼다. 그렇더라도 내 계산에 의하면 일 년에 거의 300일 정도 글을 쓰고 그 분량은 대략 170~180장 정도이다. 그러니까 나는 하루에 0.75장을 쓴다. 하루에 한 장도 채 못 쓰지만, 나의 하루 전부가 이 한 장도 안 되는 종이 앞에서 지나간다."라며 작가로서의 치밀한 일상과 계획적인 집필 습관을 밝힌 바 있다.

이미 대가의 반열로 들어선 작가들의 행보를 보면, 처음부터 스타일이나 완성도가 갖춰져 있는 듯할 때가 많다. 파묵의 작품 연보 또한 그러하다. 앞으로 출간될 그의 작품 연보 역시 그의 머릿속에서 완성되어 있을지도 모른다. 그의 작품 스타일이나 거의 이 년에 한 편씩 출간되는 전체 작품 연보를 보더라도 그의 성격은 매우 치밀하고 계획적이다. 노벨 문학상 수상 이후 나와 가진 인터뷰에서 그는 앞으로 여덟 편 정도 더 쓸 것이며, 소설의 전반적인 플롯이나 이야기 형태는 대략 머릿속에 있다고 비공식적으로 밝힌 바 있다.

가장 최근에 출간된 소설 『순수 박물관』(2008년)과 동명의 박물관도 2012년 4월 27일에 개관했다. 작품 속에 실제로 묘사되고 등장하는 오브제와 물건 들을 수집하는 것은 당연히 파묵 본인의 몫이었다. 그는 작품을 쓰기 전에 여러 해에 걸쳐 사전 작업과 준비를 끝내고 집필에 들어가는 성격의 작가다. 작품 창작 이외에도 다른 여러 문학 관련 행사나 진행의 세부 사항까지 직접 챙길 정도로 치밀하다. 뿐만 아니라 언론 인터뷰나 방향, 인터뷰의 질문까지 꼼꼼하게 관리하고 통제하려고 노력한다. 이런 점으로 미루어 보건대, 파묵은 작가로서의 성실함 못지않게 작품을 둘러싼 기획자적인 능력도 빼어나다고 할 수 있을 것이다. 그의 이러한 면모를 가까이서 지켜보면, 파묵이라는 작가로서의 상징성은 무엇보다도 본인 스스로에 의해 구축되었다는 것을 느끼게 된다.

파묵의 데뷔작인 『제브데트 씨와 아들들』은 1979년 터키 《밀리예트》 신문 소설상을 수상했다. 이 소설은 1982년에 출판되었으며, 1983년 오르한 케말 소설상을 수상했다. 파묵 자신이 무척 좋아하고 많은 영향을 받았다고 밝힌 적이 있는 토마스 만의 『부덴브로크 가의 사람들』과 유사한 전통적 사실주의적 성향을 띠고 있는 작품이며, 터키의 많은 모순과 사회문제를 이스탄불 니샨타쉬의 부유한 집안을 축으로 담고 있다. 1900년대부터 1970년대에 이르기까지 터키 사회가 거쳐 온 역사적 변동, 지식인들의 관심 사항, 상업 부르주아의 등장, 정치적 발전 과정, 예술 세계의 변화와 같은 구체적인 사실들이 자세하게 묘사되어 있다. 등장인물들을 통해 터키 내의 동서양 대립 문제와 터키에 유입된 서양 문물의 영향으로 인해 발생되는 세대 간의 다양한 의견 차이 및 갈등을 다루고 있는데, 터키 내에서 벌어지는 동양적인 것과 서양적인 것의 대립과 갈등에 대한 파묵의 문제 제기가 이미 첫 소설에서부터 시작되고 있음을 주목할 필요가 있다. 『제브데트 씨와 아들들』은 파묵의 작품 중에서 매우 뚝심 있고 견고한 느낌의 소설로 데뷔작부터 작품의 수준이 매우 고르며 높다는 걸 보여 준다고 할 수 있다.

파묵은 1983년에 출간된 소설 『고요한 집』으로 마다라르 소설상을 수상했으며, 이 작품은 프랑스어로 번역되어 1991년에 프랑스에서 '유럽 발견상'을 받았다. 이 소설은 1980년대 이전 좌익과 우익의 유혈 갈등, 오스만 제국 문화의 바탕에 깔려 있는 합리주의의 양상과 변화하는 가치를 함께 묘파하며 터키의 과거와 근대사를 구체적이고 사실적으로 담아내고 있다.

위의 두 작품은 모두 '가족사' 중심이라는 공통점을 지니고 있으며 가족사를 중심으로 역사를 담아내는 사실주의적인 기법이 중점적으로 쓰였다. 이후의 작품에서 파묵은 전통적 사실주의 노선을 벗어나 소설의 구조적 측면에서 작품마다 새로운 실험들을 시도하게 된다.

1985년에 발표한 역사소설 『하얀 성』으로 그의 명성은 국외적으로도 확산되기 시작한다. 이 작품은 여러 모로 파묵에게 상징적 의미가 강하다. '정체성'이라는 주제를 작품에 직접 투영해서 동양과 서양 사이에 놓인 터키라는 상황과 이스탄불에서 살아가는 본인의 도플갱어와도 같은 자아가 강하게 반영된 등장인물이 전면에 나타나기 시작했기 때문이다. 또한 그가 변방에서 본격적으로 세계 문학의 중심으로 나아가게 된 시초가 되기도 했기 때문이다. 《뉴욕 타임스》는 이 작품에 대해 "동양에서 새로운 별이 떠올랐다."라고 극찬했으며, 출간 후 얼마 지나지 않아 13개 언어로 번역되었다. 하지만 이 시기까지 그는 대중 앞에 잘 나타나지도 않았을 뿐만 아니라, 언론에 얼굴을 내미는 것도 주저하는 내성적인 작가였다. 사실 파묵은 내성적인 성격이다. 그는 평생을 좁은 골방 같은 집필실에서 수도승처럼 소설만 쓰고도 아주 행복하게 살아갈 수 있을 거라고 진심으로 말하곤 한다. 이러한 이유로 어떤 잡지에서는 그를 "작품보다 알려지지 않은 작가"라고 표현하기도 했다.

1990년에 발표한 소설 『검은 책』은 파묵의 작품 중에서도 매우 실험적이면서 포스트모던적인 작품이다. 과거와 현재가 얽히고, 등장인물의 관계가 뒤엉키며 모호해지는 복잡한 구성 때문에 터키 문학사에서 가장 많은 문학적인 논쟁과 작품성 찬반이 일었던 소설이다. 이 작품을 발표하면서부터 그는 갑자기 언론에 모습을 드러내기 시작했으며, 베스트셀러 작가라는 수식어를 달고 국내외 유수한 문학상을 수상하면서 언론의 초점이 되었다. 파묵은 『검은 책』의 한 챕터를 영화화한 「비밀의 얼굴」의 시나리오를 썼으며, 이 시나리오는 1992년에 단행본으로 출판되었다.

파묵은 소설에 일관되게 집중하고 있지만 영화나 미술, 사진이나 기타 다른 예술 매체에 대해서도 깊은 조예가 있다. 그의 작품에서 보듯 그림, 희곡, 신문 칼럼 같은 여러 요소는 소설의 기법으로 다양하게 활용되고 있다.

1994년에 발표한 『새로운 인생』은 터키 문학사에서 가장 많이 팔린 소설로 알려져 있다. "어느 날 한 권의 책을 읽었다. 그리고 나의 인생은 송두리째 바뀌었다."로 시작되는 이 작품으로 인해 그의 문학적 명성은 국내외적으로 확고해졌다. 대학생 오스만이 한 권의 책에 담긴 숙명을 좇아 기나긴 자아 찾기 여행을 하게 되는 이야기이다.

1998년 12월에는 『내 이름은 빨강』을 발표했으며, 이 작품은 현재까지 46개 국어로 번역되었다. 한국 독자들이 파묵의 작품 중에서 가장 사랑하는 대중적인 작품이기도 하다. 2002년에는 소설 『눈』을, 2003년에는 자전 에세이 『이스탄불』을 발표했으며, 2006년에 터키 문학사상 최초로 노벨 문학상을 수상하게 된다.

그리고 위에서 언급했듯 2008년 8월에 이스탄불 부유층 남성의 집착적인 사랑 이야기를 다룬 소설 『순수 박물관』을 내놓았다. 터키의 거의 모든 방송과 신문이 파묵의 신작에 대해 다루었다. 또한 대부분의 서점에서 대대적인 광고와 홍보가 펼쳐졌고, 출간 2주 만에 10만 부를 넘는 판매 부수를 기록했다. 이 작품이 출간되었을 때 나도 잠시 이스탄불에 체류했는데, 버스 정류장마다 커다란 광고 포스터가 붙어 있었다. 파묵의 전작들에 비해 매우 대중적인 소재, 즉 남녀 간의 집착적인 사랑 이야기를 담았기 때문에 폭발적인 성공을 거두었다고 볼 수 있다.

2010년에 발표한 산문집 『풍경의 조각들(Manzaradan Parçalar)』에서는 그의 어린 시절부터 시작해서 삶에 대해, 자신이 경험한 것에 대해 진정성 있게 언급하고 있다. 특히 이스탄불을 포함한 세계적인 도시들, 작가들과 작품들, 화가들에 대한 그의 관찰과 감상이 담담하게 펼쳐진다.

가장 최근에는 하버드 대학의 강연록을 엮은 『소설과 소설가』(2011년)가 출간되었다. 이 책에서 파묵은 문학 창작과 독서에 관한 다양한 경험을 털어놓았다. 그는 소설 읽기 혹은 소설 쓰기는 풍경 속으로 들어가는 것이라고 단언하며, 실러의 논문을 빌려, 소박한 독자(소설가)와 성찰적인 독자(소설가)를 정의했다. 소박한 독자는 텍스트에 어떠한 의미도 부여하지 않고, 있는 그대로 읽어 내려가는 사람이며, 성찰적인 독자는 텍스트를 분석적으로 읽어 가며 어떠한 의미를 끄집어내려는 사람이다. 파묵은 소설 읽기(혹은 소설 쓰기)는 소박함과 성찰적인 면을 상호 보완하여 종국에는 텍스트의 숨겨진 '중심부'를 찾아내는 것이라고 주장한다. 또한 훌륭한 소설가는 이 중심부를 독자가 쉽게 찾도록 드러내지 않으며, 중심부에 대한 해석은 독자에 따라 다르다는 것도 잊지 않고 말한다.

현재 파묵은, 시골에서 이스탄불로 이주해 온 한 남자의 삶을 그린 장편소설 『내 머릿속의 기묘함(Kafamda Bir Tuhaflık)』을 집필 중이다.

나는 이스탄불에서 경찰의 삼엄한 감시 아래 파묵을 인터뷰한 적이 있는데, 그때 파묵은 신작 소설을 끝낸 이후 곧바로 다음 작품을 이미 쓰기 시작했다고 말했다. 이 말을 듣고 나는 파묵에게 글쓰기는 자신의 삶을 존재하게 해 주는 유일한 수단이자 목적이며, 삶을 살아가는 데 있어 반드시 필요한 일상이며 노동이라는 것을 다시 한 번 절감했다. "글쓰기 말고는 인생에 경이로운 것이 없다. 글쓰기는 유일한 위안거리이다.", "무슨 일이 있더라도 매일 새벽 일찍 일어나 글을 쓴다.", "남은 생애를 수도승처럼 방 한구석에서 (글을 쓰며) 보낼 수 있다."라는 고백은 파묵에게 결코 과장된 말이 아니라 일상의 당연한 고백이자 그가 실천하고 있는 현실이었다. 그는 "소설가란 개미와 같은 끈기로 조금씩 거리를 좁혀 가는 사람이며, 마법적이고 몽상적인 상상력에 의해서가 아니라 오로지 그 자신의 인내심으로 독자들을 감동시키는 사람"이라고 정의 내리고, 소설가의 자질로 끈기와 인내를 강조하고 있다. 물론 자기 자신에게도 철저한 근면성을 요구해 왔다. 파묵은 "작가는 바늘로 우물을 파듯이" 글쓰기를 해야 하고 "작가에게 필요한 것은 첫째도 인내요, 둘째도 인내요, 셋째도 인내"라고 강조한다. 오늘날 그가 세계 문학계의 거장 반열에 오를 수 있었던 것도 이러한 직업 정신과 근면성 덕분이었다는 사실은 의심의 여지가 없다.

어찌 보면 세계 문학사에 길이 남겨질 걸작을 쓰는 방법은 단 하나뿐일지 모른다. 자신의 작품이 영원불멸의 도서관 한 귀퉁이에 남겨질 것을 믿고 신념과 인내를 가지고 하루하루 쉬지 않고 완성될 때까지 계속 쓰는 것이다. 이것 이외의 다른 방법은 없다.

2005년 5월 그가 처음으로 방한했을 당시, 한국외국어대학교를 방문해 학생들을 상대로 했던 강연회에서 진행된 나와의 질의응답은 그의 작품 세계를 이해하는 데 도움이 될 것이다. 당시는 이미 파묵이 『내 이름은 빨강』으로 국내에 꽤 알려졌던 시기였지만, 지금 같은 명성은 얻기 전이었기 때문에, 그에 대한 이해를 돕고자 했던 강연회 성격상 기본적인 질의응답이 오갔고, 파묵 역시 이에 상응하는 대답을 해 주었다. 지금 돌이켜보니 청강생들을 고려한 깊이 없는 질문에 성심껏 답해 준 파묵에게 송구스럽기도 하다. 하지만 우리나라에서도 세계적인 작가가 탄생하기를 바라는 마음과 작가 지망생들에게 자신감을 불어넣어 주고자 하는 의미에서 이 지면에 넣기로 결정했다. 파묵이 작가가 되기로 결심했던 시기, 그가 데뷔할 당시 터키 문단의 상황, 터키 문화사, 그의 소설에 관한 다양한 생각들이 언급된 인터뷰이다.

이난아 작가로서의 삶은 언제, 어떻게 시작되었는지 궁금하군요. 또한 터키 작가라는 것은 당신에게 어떤 특별한 의미가 있는지요?

파묵 소설을 쓰기 시작한 지 삼십 년이 지났네요. 나는 하루에 최소한 9~10시간 정도 책상 앞에 앉아 소설을 씁니다. 먼저 내가 살고 있는 세상의 한구석에서 그러니까 터키 같은 나라에서, 이스탄불에서 어떻게 작가가 되었는지에 대해 잠시 언급한 후 내 소설에 대해 말하고자 합니다.

사람들의 고민과 관심은 거의 비슷하다고 생각합니다. 내가 작가가 되기로 결심했을 때, 그러니까, 삼십 년 전 터키에서, 이스탄불에서 작가로서 사회에서 인정받는 것, 사회가 한 소설가에게, 작가에게 보여 주었던 관심 그리고 작가로서 벌 수 있는 수입은 아주 제한적이었어요. 이러한 상황은 아마 세상 어느 곳에서도 같을 겁니다. 당시 나는 스물두 살이었는데, 가족들에게 작가가 되겠다고 했을 때 아무도 환영하거나 좋아하지 않았지요. 작가가 되라고 용기를 북돋워 주지도 않았고요. 하지만 그때 나는 이미 건축학을 전공하다 자퇴를 하고, 작가가 되기로 결정을 내린 후였습니다. 그리고 전혀 돈벌이를 하지 않고, 집에서 팔 년간, 가족의 따가운 시선과 반대 속에서 소설을 썼습니다. 쓰고 또 썼지만 출간할 수는 없었습니다. 그래도 인내심과 신념을 가지고 열심히 독서하며 글을 썼습니다. 지금 나의 작품들은 46개 언어로 번역되었습니다. 나는 늘 이렇게 농담을 하곤 합니다. "나의 작품이 46개 언어로 번역되는 것은 쉽게 진행되었다. 가장 어려웠던 것은 터키에서 내 책이 출간되는 것이었다."

첫 소설이 출간될 때까지 나는 6~7년 동안 안간힘을 썼습니다. 당시 터키에서는 터키 소아시아 지역, 시골, 터키의 가난한 지역을 묘사하는 사회주의 성향을 담고 있는 문학이 지배적이었기 때문이지요. 1970년대 초에 누군가에게 소설가가 되고 싶다고 한 적이 있었는데, 그는 "하지만 넌 시골에서 산 적이 없잖아?"라고 대꾸했습니다. 시골의 삶, 가난한 터키에 관심을 가져야 하며, 문학 역시 이러한 선상해서 이루어져야 한다고 생각했던 거지요. 하지만 나는 내가 아는 것을 쓰고 싶었습니다. 나의 출신인 중상류층, 부유한 삶 혹은 이스탄불 부르주아의 삶 그리고 역사 분야가 관심사였지요. 출판사와 문학계는 이러한 소재에 선입관이 있었고, 독자들이 읽지 않을 거라고 여겼습니다. 하지만 나는 기왕에 내가 관심을 갖고 있고 쓰고 싶었던 것을 인내심을 가지고 쓰기 시작했습니다. 나는 작가의 작업 스타일 중 가장 중요한 미덕은 인내라고 생각합니다. 다행히 내게는 이러한 인내심이 있었지요. 그런데 사실 나의 일상생활에서 인내라는 것은 개인적인 성향은 아닙니다. 나는 극도로 인내심 없고 참지 못하는 성격이지만, 소설을 쓸 때는 이 미덕이 절대적으로 필요합니다. 나는 인내심을 가지고 바늘로 우물 파듯 글을 씁니다. 지금까지 소설을 일곱 권 썼고, 에세이도 한 권 출판되었습니다.

이난아 현재까지 소설을 많이 써 왔는데, 소설과 소설가를 어떻게 이해하고 있나요?

파묵 우리 모두가 아는 바처럼 소설 예술은 서양에서 발명된 예술이고 그 문명의 흔적을 안고 있습니다. 소설 예술은 인간의 눈으로 보는 이야기를 그리는 것이기도 하고요.

하지만 내가 어린 시절 터키에서는, 특히 이스탄불에서는, 인간을 세계의 중심부에 놓는 것이 아니라, 공동체를 세계의 중심부에 놓는 것이 일반적인 문화, 일반적인 철학 혹은 세계관이었습니다.

『내 이름은 빨강』에서 이 문제에 대해 언급한 적이 있습니다. 르네상스 시대의 초상화, 인간의 얼굴을 그리는 초상화 예술과도 관련이 있지요. 소설은 가장 심오한 부분에서 인간이 공동체, 사회, 주변, 종족과 융화하지 못하는 것들을 이야기합니다. 물론 아주 일반적인 개념이지만, 서양 세계 밖에서는 한 인간의 행복이 사회와의 조화 속에 있어야 한다고 평가되고, 행복은 그런 식으로 설명되곤 합니다.

소설 예술이 서양 문명의 심장부에 있는 철학적인 태도에서 탄생한 이후, 서양 밖에 있는 나라에서 사용될 때는 다른 결과들로 나타나곤 하지요. 기본적으로 두 가지 결과가 나온답니다. 첫 번째로, 서양 밖에 있는 사람들은 소설을 약간 변형시킵니다. 지나치게 인물 중심적인 소설을 쓰는 것은 자신들에게 어울리지 않다고 보기 때문이지요. 두 번째로는, 서양 밖의 나라의 독자들의 삶에도 영향이 미치지요. 소설은 세계를 인간의 관점에서 보거나 한 인간의 사적이며 도덕적인 선택에 존경을 표하는 것을, 한 인간이 자신의 공동체, 팀 밖으로 나가는 것에 사회가 존경을 표하는 것을 서서히, 눈치 채지 못하게, 어떤 이야기의 배후에서 느끼도록 해 주기 때문이지요.

이러한 문제들을, 여러분에게 설명했던 것처럼, 이야기 형태로 만들어 내 소설에서 설명하고자 했습니다. 『하얀 성』, 『내 이름은 빨강』 그리고 『검은 책』에는 내가 설명한 이 철학적 문제들이 포함돼 있지요. 예를 들면 『하얀 성』은 17세기 이스탄불이 배경인 소설입니다. 한 이탈리아 학자가 터키 해군에게 잡혀 이스탄불로 후송됩니다. 그의 머릿속에 무엇이 들어 있는지 이해하고 싶은 이스탄불 출신의 오스만 튀르크인(그 역시 학문에 관심이 많은 사람입니다.)이 그를 노예로 삽니다. 이 소설은 이 둘 사이의 정신적 영향에 관한 이야기입니다.

또 다른 소설 『내 이름은 빨강』은 서양의 시각, 회화 예술 형태와, 전통적인 이슬람 예술 혹은 르네상스 이전의 서양 밖의 나라에서의 회화 혹은 본다는 것의 철학을 비교하는 작품입니다. 이 책에는 16세기 후반 이스탄불의 한 화원에서 그림을 그리는 세밀화가들이 등장하고, 서양의 영향으로 자신들의 예술이 끝나가는 것이 얼마나 커다란 번민이자 고민스러운 문제였는지를 설명하려고 했습니다.

이런 책들 때문에 내가 약간은 철학적인 작가로 인식되었지요. 하지만 소설 예술은, 머릿속에 얼마나 위대하고 심오한 생각이 있든지 간에 그것을 구체적으로 서술해야만 하는 예술입니다. 그러니까 소설을 소설이게 만드는 것은, 어떤 컵을 눈앞에서 보지 않고도 아주 잘 설명하는 것이라고 말할 수 있겠네요. 소설 예술은 물건들, 사건들, 대화들로 느끼게 해 주는 예술입니다. 우리 공통의 고민 혹은 관심이라고 생각하는 것이 무엇인지 위에서 설명한 것들로 이해했을 거라고 생각합니다.

전통과 현대 사이의 관계는 내가 항상 관심을 가졌던 주제입니다. 아주 일반적인 주제이지만, 이에 대해서도 언급하고자 합니다. 우리 모두는 역사를 가지고 있습니다. 그리고 지구화, 현대화, 서구화라고 하는, 터키에서는 이렇게 표현하고 있습니다, 흐름이 있습니다. 이런 것들이 현재까지 역사의 흔적들을 다 휩쓸어 가고 있지요. 우리는 이 흐름 혹은 이 현대화, 이 지구화 혹은 서구화를 원하고 있습니다. 우리에게 더 나은 삶을 가져다주니까요. 더 많은 소비를 하게 만들고, 어느 정도는 세계 시민, 세계에 속해 있다는 생각, 단지 국내가 아니라, 세상 안에, 동시에 우리 집 안에 있는 것 같은 느낌을 주기도 하지요.

하지만 한편으로는 과거부터 변하지 않고 그대로 존재해 왔던 것들, 집 안의 물건들, 옛날 시계, 옛날 비누, 가족의 과거, 과거의 언어, 과거의 일상생활, 의식주 습관까지 모두 잃어버리기 시작했고, 이에 대해 우리는 고민과 우려를 하게 됩니다. 우리 모두의 마음속에는 현대성의 찬란한 매력과 더불어, 과거와 과거의 우리 정체가 우리에게 부여한 어떤 익숙함, 편안함도 있습니다. 우리는 현대성을 원하는 동시에 우리의 옛 정체도 껴안고 싶어 합니다. 번민에 휩싸이기 때문이지요. 서양 밖의 나라, 예를 들면 동양의 삶은 이러한 재료들로 만들어졌다고 생각합니다. 내가 이 세상을 마감할 때까지 이 주제를 가지고 다양한 형태로 쓸 것입니다.

우리는 철학적이면서도 일반적인 이야기를 알아야 합니다. 하지만 소설가는 이러한 것들에 대해 지금 내가 설명했던 것처럼 쓰는 것이 아니라 이야기로 씁니다. 사실 소설은 일상적인 관계, 삶의 평범한 순간들을 보여 줍니다. 하지만 그 뒤에는 항상 지금 내가 한 이야기가 있습니다. 현대성과 전통 말입니다.

이난아 그렇다면 이 이야기와 문제 들이 당신의 작품에는 어떻게 나타나고 있나요?

파묵 일반적인 현대화 혹은 지구화라고 할 수 있는 것과 결합되고 더해지는 이야기는 모든 나라에서 다 다른 것 같습니다. 터키의 경우에 대해 말해 보겠습니다. 터키 공화국은 1923년에 설립되었고, 그전에는 대략 오늘날 중동 지역의 모든 부유함을 지배하고 이스탄불에 중심부를 둔 600년간의 오스만 제국이 있었지요.

18세기부터 오스만 제국 지식인들, 군인들, 위정자들은 유럽, 서구에 대항해 치렀던 전쟁과 경쟁에서 확연하게 패하고 있다는 것을 절감하게 됩니다. 13세기 아랍 사상가 이븐 할둔(『역사 서설』이라는 위대한 역사철학서를 저술한 사람입니다.)은 "전쟁에서 패한 사람들은 그들을 패배시킨 사람들을 모방한다."라고 한 바 있지요. 물론 모방한 것은 서양의 군사 시스템이었지만.

터키처럼, 러시아처럼, 더욱이 중국, 일본 같은 나라에서 서구화와 유럽화는 군사적인 이유로 시작되었지요. 터키에서는 대략 200년 동안 서구화 운동이 있어 왔습니다. 단지 군사 방면뿐만 아니라 기술, 학문, 의학 그리고 세계관의 변화도 함께 있어 왔고요. 이렇듯 문화를 강력하게 변하게 하는 움직임이 일자, 세계 곳곳에서, 터키 역시 그런 과정을 거쳤지요, 오스만 제국에서도, 이에 반대하는 움직임이 일었고, 사람들은 전통을 쉽게 포기하지 않으려고 했습니다. 이런 갈등은 삶의 방식, 사고방식, 정치 방식에도 영향을 미칩니다.

한 나라의 문화와 삶의 방식이 바뀌는 것이지요. 나의 소설은 이러한 재료들과 소재들로 만들어진 것입니다. 하지만 그렇다고 단지 이것들만으로 이루어진 것은 아닙니다. 나의 소설은 이야기입니다, 이상하고, 즐거운 이야기들…….

2

한 가족의 삼대를 중심으로
오스만 제국의 몰락과
터키 공화국의 격동의 세월을 한눈에

『제브데트 씨와 아들들』

"깊은 곳에서, 더 깊은 곳에서
뭔가 꿈틀거렸고, 여기서 벗어나려면 다른 것,
어쩌면 절대 찾을 수 없는
어떤 것이 필요하다는 걸 깨달았다."

오르한 파묵은 『제브데트 씨와 아들들』(1982년)로 1979년에 《밀리예트》 신문 소설상을 수상하면서 화려하게 문단에 데뷔했다. 이 작품은 1983년에 터키의 권위 있는 소설상인 오르한 케말 소설상까지 수상하면서 신예 작가의 위대한 탄생을 다시 한 번 각인시켰다.

유수한 문학상들을 수상했음에도 불구하고, 당시 터키 문단에서는 농촌 문제를 다룬 소설이 유행이었기 때문에, 이 소설은 삼 년 후인 1982년에야 출판되는 비운을 겪어야 했다. 이 문제로 당시 무척 고민스러웠던 파묵은 문예지에 '문학상 수상 작품을 팝니다.'라는 광고를 낼 생각까지 했다고 밝힌 바 있다. 수십 년이 흘러 세계 최고의 문학상을 받을 작가에게도 이러한 안타까운 사연이 있었을 거라고는 쉽게 상상이 가지 않는다.

터키의 유명한 문학 평론가인 페티 나지는 이 소설과 관련하여 "위대한 성공. 전혀 주저하지 않고 내가 가장 좋아하는 20세기 터키 소설로 꼽겠다."라고 했다. 또 다른 평론가인 귀르셀 아이타치는 "『제브데트 씨와 아들들』은 단지 작가의 첫 소설이기 때문이 아니라, 터키의 걸출한 현대 소설 사이에 새로이 동참한 작품이라는 점에서 충분히 찬사를 받을 만하다."라고 말했다.

이 시점에서 돌아본다면, 이 작품은 향후 그가 집요하게 다룰 동서양 문제, 공간적 배경으로 설정된 이스탄불과 니샨타쉬 지역, 상류층 사람들의 삶을 소재로 했다는 점에서 파묵 문학 세계의 시발점을 알리는 신호탄 같은 작품이라고 할 수 있다. 한편 이 작품이 사실주의의 틀로 쓰였기 때문에 전통적인 소설을 좋아하는 독자들의 관심을 여전히 끌고 있는 것 역시 사실이다. 사실주의 소설 스타일에 대해 파묵은 "이 소설을 탈고했을 때, 19세기 스타일로 소설을 쓰고자 했다는 것이 시대에 뒤떨어졌다는 생각이 들어 착잡하기도 했지만, 한편으로 19세기 소설 형식이 여전히 삶을 있는 그대로 표현할 수 있고, 좀 더 객관적이라고 생각했기 때문에 나에게는 중요했다. 그럼에도 불구하고, 나는 이 작품에서 본능적 혹은 의식적으로 단순한 사실주의에서 벗어나려고 노력했다."라고 밝혔다.

현재까지 발표된 파묵의 모든 작품은 서로 긴밀하게 연결되어 있다. 파묵이 소설을 쓸 때 이후에 쓸 작품 구성을 미리 염두에 둔다는 의미이다. 이런 의미에서 파묵은 "나의 모든 소설은 이전에 발표한 소설 속에서 태어난다. 그 작품에 나온 세부적인 것이나 하나의 문장에서 나온다. 일례로 『제브데트 씨와 아들들』에 나오는 젊은이들에게서 『고요한 집』이 탄생했고, 『고요한 집』에 나오는 파룩에게서 『하얀 성』이 나왔다."라고 말했다. 그러므로 『제브데트 씨와 아들들』은 파묵이 장차 발표할 작품들의 씨앗이었다는 점에서 중요한 소설이며, 이 작품을 발표한 후에 쓴 후속작들은 서서히 전통적인 사실주의 형식에서 벗어나 모더니즘이나 포스트모더니즘 형식으로 접근하게 된다.

단적으로 말하자면, 이 소설은 오스만 제국의 몰락과 터키 공화국의 굴곡진 역사를 한눈에 볼 수 있는 걸작이자, 뛰어난 관찰력, 등장인물의 심리 분석, 세세한 묘사 면에서 파묵이 장차 대성할 작가라는 것을 암시해 주는 작품이라고 할 수 있다.

파묵은 자전 에세이 『이스탄불』에서도 밝힌 바 있듯이 스물두 살에 작가가 되기로 결심했다. 이때부터 자신이 나고 자랐던, 이스탄불 부유층들이 사는 니샨타쉬를 중심으로 한 한 가문의 삼대에 걸친 가족사를 다룬 『제브데트 씨와 아들들』을 집필하기 시작했으며, 스물여섯 살 즉 1978년에 탈고한다. 일반적으로 작가들의 첫 소설이 자전적이 면을 강하다는 점을 감안할 때 파묵 역시 이런 평가에서 벗어나지 않는 듯하다.

이러한 점은 파묵이 "『제브데트 씨와 아들들』에는 나의 가족과 나의 삶이 많이 반영되어 있다. 나의 할아버지도 한때 철도 건설 사업을 했고, 니샨타쉬에 살았다. 소설에도 나오는 석조 건물에 살다가 나중에 '파묵 아파트'라는 아파트를 지어 이사했다. 나의 할머니, 삼촌, 고모도 층은 달랐지만 같은 아파트에 살았다. 『검은 책』에 영감을 준 '파묵 아파트'에서 나도 아주 오랫동안 살았다. 소설에 나오는 가족의 생활, 예컨대 희생절 모임, 점심 식사, 베이올루 나들이, 마치카 산책, 일요일마다 아이들을 차에 태우고 보스포루스로 드라이브 가는 일, 가정불화, 가족 주변에서 일어난 이야기, 이웃들과의 관계 같은 것들은 나의 가족의 삶에서 나온 것들이다."라고 했던 것에서 증명된다.

나와의 인터뷰에서 작가 지망생들에게 해 주고 싶은 말이 무엇이냐고 묻자 그는 주저하지 않고 "자신이 가장 잘 아는 것을 쓰길 바란다."라고 간단명료하게 말한 바 있다. 이는 그의 문학의 출발점이 자신의 주변이라는 것을 염두에 두고 한 말일 것이다.

『제브데트 씨와 아들들』은 한 가족의 삼대에 걸친 이야기를 통해 터키의 정치, 문화, 역사 그리고 사회상을 담고 있다. 이러한 면에서 이 소설은 전형적인 가족 소설이자 시대 소설로 볼 수 있다. 좀 더 포괄적으로 말하자면, 장구한 시간의 흐름 속에서 가족 일원들의 복잡다단한 삶의 양상, 사회 변화상 그리고 인간의 삶 전체를 포착하는 대하소설 양상을 띠고 있다.

소설은 가난한 지역 출신인 제브데트 씨가 부자가 되고 싶은 욕망 그리고 현대적인 가족을 꾸리고 싶은 꿈을 시작으로 그의 가족사를 세밀화처럼 묘사한다. 가족 소설답게 이 그림 속에 나오는 제브데트 씨 집안의 분위기, 색깔, 시간의 흐름, 평범한 일상의 대화가 등장인물들을 통해 독자들에게 전달되는데, 특히 전통적인 사실주의 기법을 통해 막힘없이 읽히는 즐거움을 선사한다. 이러한 특성 때문에, 파묵은 이 작품에 대해 19세기 소설, 예컨대 『부덴브로크 가의 사람들』이나 『안나 카레니나』를 모델로 삼았다고 언급하기도 했다. 그는 "이 소설은『부덴브로크 가의 사람들』처럼 단지 한 가족이 아니라, 마치 『안나 카레니나』처럼 한 사회의 모습을 담고 있다. 이러한 이유로 소설에 앙카라에서 전개되는 부분도 덧붙였다. 『안나 카레니나』에 페테르부르크, 모스크바, 더욱이 시골 장면들도 있는 것처럼, 내 소설에는 이스탄불뿐 아니라, 앙카라 그리고 케마흐가 배경이 되는 장면들이 있다."라고 밝힌 바 있다.

파묵은 이 소설에서 1905년부터 1970년까지의 터키 사회를 해부하고, 동서양 대립과 현실주의, 이상주의 관점을 등장인물들을 통해 그려 내고 있다. 터키 사회가 거쳐 온 변화, 역사의 변동, 지식인들의 꿈, 터키 상업 부르주아의 발달, 터키 정치의 발전 과정, 터키 예술 세계 등을 한 가족의 구성원을 통해 펼쳐 보이는 것이다.

한편, 이 소설의 사건들이 작중 서술자의 시각을 통해 실제 역사를 토대로 구체화되기 때문에 역사소설적인 면도 강하게 나타난다. 구체적 사실로 구성된 역사소설적인 면에 허구적 요소를 가미한 점에 대해, 파묵은 "역사는 순수하고 순결한 상상력을 부여해 준다."라고 밝히면서 이후의 작품(예를 들면 『내 이름은 빨강』, 『하얀 성』)에서도 실제 역사와 허구를 버무리는 작업을 계속하게 된다.

먼저 소설의 구조를 간략하게 살펴보면, 1부 「프롤로그」는 1905년 여름, 이스탄불에서 철물상을 하는 제브데트 씨의 결혼 준비를 중심으로 이야기가 펼쳐지고, 2부는 1936년에서 시작되어 제브데트 씨의 노년과 아들들, 특히 둘째 아들 레피크의 삶이 중점적으로 다루어진다. 그리고 3부에 해당하는 「에필로그」는 1970년 12월로, 제브데트 씨의 손자인 화가 아흐메트의 관점에서 서술된다. 소설은 제브데트 씨의 꿈에서 시작되고, 그의 손자

아호메트가 작업을 하기 위해 발코니에서 방으로 돌아가는 것으로 끝이 난다. 한 가족의 역사를 아버지, 아들, 손자의 삶을 다루면서 보여 주는 구조인 동시에, 이들이 각기 다른 형태로 자신들의 삶의 의미를 모색하는 이야기인 것이다.

『제브데트 씨와 아들들』은 오스만 제국의 마지막 술탄인 압뒬하미트 시대에 작은 상점 주인이자, 당시의 첫 모슬렘 상인인 제브데트 씨의 사업 확장(당시는 유대인, 그리스인, 아르메니아인이 상인의 주류를 이루고 있었다.), 부유함을 갈망하는 그의 욕망으로 서막을 연다. 가난한 동네에서 자란 제브데트 씨의 가장 커다란 바람은 서구적인 의미의 현대적인 가정을 꾸리는 것이었다. 그는 오스만 제국 시절 고위직에 있던 파샤의 딸과 결혼하여, 오스만과 레피크라는 두 아들과 아이셰라는 딸을 낳고, 정원이 있는 저택에서 자신이 원하는 삶을 살아간다. 제브데트 씨가 행복한 가정을 이루고자 하는 부푼 꿈을 가지고 구입하여 세 세대가 함께 살았던 이 저택은 제브데트 씨 사후 아파트로 재건축되어 각 세대가 '층층이 지어진 상자'에 살게 된다. 제브데트 씨와 그의 아내가 간절히 지속되기를 바랐던 '모두 한집에 살면서, 서로에게 관심을 갖고, 서로를 사랑하고, 서로의 생활을 숨기지 않는' 가족은 현대화 물결 속에서 해체되고 말았던 것이다.

큰아들 오스만은 아버지의 사업을 이어 조명 기구 회사를 경영하며 성공적인 사업가로 부유한 삶을 살아간다. 작은아들 레피크는 이스탄불의 부르주아적인 삶을 뒤로 하고 동부 아나톨리아로 가서 농촌의 실상을 목격하고 향후 농촌을 계몽하고자 하는 의지를 품게 된다. 이스탄불로 돌아온 그는, 새로운 문화 운동을 시작하고자 하는 열망으로 아버지에게서 받은 유산으로 서양 서적들을 번역하여 출판하는 출판사를 세우지만 파산하고 만다. 그는 혼자 힘으로 아무것도 성공할 수 없었던 이상주의자였던 것이다. 레피크의 이러한 이상주의적 가치관은 이후 아내가 그를 떠나는 원인으로 작용하기도 한다.

레피크의 친구인 무히틴은 서른 살 안에 진정한 시인이 되지 못하면 자살을 하겠다고 결심한 인물이지만, 이후 터키 민족주의 혹은 인종주의 이론에 심취하게 되고, 나중에는 국회의원이 된다. 레피크의 또 다른 친구인 외메르는 정복자가 되고자 하는 욕망으로 불타고 있는 남자로 발자크의 소설 속 인물인 라스티냐크로 불린다. 그는 동부에서 철도 건설 사업으로 부자가 된 후 그 지역에 땅을 사고 지주가 된다.

이 두 친구들이 젊은 시절의 정신적 위기와 욕망 속에서 각기 삶의 방향을 찾으려고 분투하는 반면, 열정 없고, 침착하며, 평온한 가정생활을 하는 레피크의 삶은 그와 대비된다. 친구들은 그의 부르주아적이고 균형 잡힌 삶을 부러워하지만, 전형적인 '지식인' 캐릭터답게 그의 마음속은 삶의 의미를 찾는 질문들로 가득하다. 이 세 인물은 공화국 초기 격동기 터키에서 각자 나름대로 자신의 꿈을 펼치고자 하지만, 그 누구도 애초의 목적에 도달하지 못하는 불운한 사람들이다. 물론 이들에 대한 판단은 독자들의 몫이다. 세 친구의 변함없는 우정과 서로 다른 가치관 충돌은 특히 젊은 독자층들의 마음을 사로잡을 요소가 될 수 있을 것이다.

세 번째 세대의 대표적인 인물인 손자 아흐메트(레피크의 아들)는 화가이다. 프랑스에서 유학하고 귀국해 생계유지를 위해 그림과 프랑스어 교습을 하고 있다. 자신의 대가족이 사는 아파트의 지붕 층에서 살면서, 자신의 존재 이유에 대해 끊임없이 자문하는 인물로, 아버지 레피크와 닮은 면이 있다. 1970년대 터키 사회에는 좌우익 갈등이 만연했으며, 아흐메트의 친구 하산을 통해 당시 정치 및 사회 문제가 조명되고 있다. 독자들에게 살짝 귀뜸해 준다면, 아흐메트 으슥츠는 실제 화가로, 파묵의 부탁으로 그의 소설들 중 『제브데트 씨와 아들들』의 표지 아이디어를 구상했으며 『순수 박물관』의 표지 사진을 정하기도 했다.

『눈』을 제외한 파묵의 다른 모든 작품들이 이스탄불을 배경으로 하고 있는바, 방대한 『제브데트 씨와 아들들』에서도 제브데트 씨의 아들 레피크가 친구 외메르가 있는 케마흐로 가서 잠시 살았던 기간 이외에, 모든 사건은 이스탄불에서 진행되고 있다. 물론 케마흐 말고도 파리, 영국 등 다양한 장소들이 나오지만, 1905년에서 1970년까지 긴 기간 동안 거의 이스탄불의 상류층 지역인 니샨타쉬가 주된 장소이자 배경이다. 그것도 아파트로 변모하기 이전 제브데트 씨가 구입한 석조 가옥. 독자들은 시종 이 장소와 배경에 머물며, 이 중심부에서 파리를, 케마흐를 바라본다.

소설 전반에서 터키의 사회, 문화, 정치 상황의 발전 단계가 다루어지고 있다는 점에서 앞에서 언급한 시대 소설의 특징이 부각된다. 각 세대마다 대표적인 인물을 선택한 구조는 독자가 시간의 흐름을 더 쉽게 파악할 수 있게 하는 장치라고 할 수 있다.

이 소설의 서술적 특징은 각 시대의 니샨타쉬 구역에 사는 서구화된 대가족의 삶이 세세하게 묘사된다는 점이다. 이런 서술은 가족 소설에서 눈에 띄는 전형적인 특징이다. 일례로 가옥 내부 및 외부 묘사, 물건들과 관련된 모티프에 부여하는 중요성(예를 들어 시간의 흐름과 질서 정연한 가족의 삶을 연상시키는 '괘종시계'), 약혼, 결혼, 명절 의식, 탄생과 죽음이 가족 내에서 차지하는 특별한 위치 등은 거의 모든 가족 소설에 등장하는 중요한 특징이다. 가족의 전통, 가족 내의 삶에서 연유하는 특별한 가족 용어들(예를 들어 아이셰의 별명 '씨앗', '황새')은 이러한 유의 소설을 시도하는 작가들이 심혈을 기울여 묘사하는 부분이다. 하지만 이러한 것보다 더 중요한 것은, 작가가 소설에서 다루고 있는 가족의 다양한 세대에서 특별한 정신을 포착하여 독자들에게 전달하는 것이다.

이제 제브데트 씨 자녀들의 파란만장한 삶을 한번 들여다보자. 서로 사랑하지만 남편의 이상주의적 인생관을 견디다 못해 이혼하는 레피크 부부, 서로 바람을 피우지만 끝까지 결혼 생활을 유지하는 오스만 부부, 남자 친구가 가난하다는 이유로 가족의 반대에 부딪쳐 만나지 못하고 가족이 정해 준 사람과 결혼하는 아이셰……. 하지만 단지 이러한 것들을 열거하는 것으로 끝났다면 이 작품이 이렇게 커다란 성공을 거둘 수 없었을 것이다. 이 소설의 진정한 가치는 제브데트 씨 가족 구성원들의 심리와 정신 상태를 심도 있게 파헤쳤다는 데 있다고 할 수 있다. 문학 평론가인 귀르셀 아이타치는 이러한 면에 초점을 맞춰 "세대에서 세대로 연결되는 한 가족의 긍정적 혹은 부정적인 면에서의 발전, 상승 혹은 몰락을 치밀한 심리 파악"으로 묘사한 점이 탁월하다고 지적했다.

앞에서도 언급했듯이 추후 파묵의 모든 작품의 공통적인 맥을 형성하고 있는 '동서양 문제'도 이 작품에서 중요하게 부각된다. 서구화된 현대적인 삶을 살고 싶어 하는 욕망을 가진 제브데트 씨를 비롯하여, 루소와 볼테르의 작품들을 끼고 살다시피 하는 아들 레피크, 영국 유학을 다녀온 그의 친구 외메르는 서구 선망자들이다. 이에 반해 터키 민족주의를 옹호하며 전 세계에 흩어져 있는 터키인들을 통합하려는 인물들(레피크의 친구인 시인 무히틴, 터키 민족주의에 관련한 잡지를 발행하는 마히르 알타일르 등)의 삶도 나란히 등장한다. 파묵은 이들의 사상적 갈등을 이들이 벌이는 논쟁을 통해 드러내고 있다.

이 작품의 또 다른 미덕은, 파묵이 젊은 나이에 쓴 작품임에도 불구하고, 그동안 얼마나 치열하게 자신을 연마했으며, 얼마나 많은 자료를 조사하여 이것을 작품에 녹여 냈는지가 뚜렷이 드러난다는 점이다. 이 방대한 자료 조사에 관하여 파묵은 "내가 오랜 세월 동안 돌을 나르며 피라미드를 지었다 해도, 사람들이 그걸 보고 '저 사람 좀 봐, 정말 많은 돌을 쌓아서 피라미드를 만들었어.'라고 하는 건 원하지 않는다. '아주 아름답고 아주 멋진 경사를 이루고 있군.'이라는 말을 듣고 싶어서 피라미드를 지었으니까. '정말 많은 돌을 날랐군요, 파묵 씨, 노고를 치하합니다.'라는 말을 칭찬으로 받아들이지만 한편으로는 마음 한구석이 착잡해진다."라며, 자료 수집 자체가 중요한 것이 아니라 그것들을 소설에서 가장 적합한 자리에, 조화롭고, 아름답게 앉히는 것이 중요하다는 점을 강조했다.

2012년 초에 파묵의 집필실을 방문했을 때, 파묵은 "터키에서 많은 드라마를 제작하여 성공시킨 제작사의 간곡한 요청에 못 이겨 『제브데트 씨와 아들들』의 텔레비전 드라마 제작을 허락했답니다."라고 했다. 이 소설이 터키에서 드라마로 제작되면서, 이미 오래전에 발표된 작품이 재조명되고, 새롭게 평가되는 현상도 불러일으킬 것으로 예상된다.

평소 파묵 소설의 가장 커다란 특징은 각 작품들이 작품성 면에서 편차가 적은 것이라고 여기고 있었는데, 이 소설은 이러한 나의 생각을 재확인시켜 주었다. 『제브데트 씨와 아들들』은 그의 집필 철학, 그러니까 '바늘로 우물 파기'가 아주 잘 드러난 대작이었고, 이후에도 이 초심을 잃지 않고 부단히 작품 활동을 하는 파묵에 대한 나의 경외심이 더욱더 깊어지게 한 작품이었음을 고백한다.

한편, 파묵은 자신이 이 작품을 유럽의 가족 소설을 모방해서 썼고, 그리고 물론 데뷔작이기 때문에 오랜 세월 동안 암암리에 부끄러움을 느끼고 있었다고 고백했지만, 나는 이를 작가의 순수성으로 해석하고자 한다. 파묵이 문학에 평생을 걸겠다는 다짐을 한 후 스물두 살 때부터 쓰기 시작해서 스물여섯 살에 탈고한 그야말로 문학청년의 열정이 담겨 있는 소설이라는 것을 환기한다면, 독자들 역시 어쩌면 '순수성'라는 나의 말에 동의하리라고 믿는다.

3

하지만
그치지 않는
소음들

『고요한 집』

"삶을, 단 한 번의 그 마차 여행을,
끝나면 다시 시작할 수 없어."

『고요한 집』(1983년)은 작가로 등단한 후 오르한 파묵이 발표한 두 번째 소설로, 1984년에 터키에서 마다라르 소설상을, 1991년에는 프랑스에서 유럽 발견상을 수상한 작품이다.

이 소설은 한 가족을 중심으로 터키의 역사, 문화, 사회, 정치적 변화들을 묘사하고 있으며, 작중 인물들을 통해 세대 간의 다양한 의견 차이를 드러내고 있다. 예컨대 1980년대 이전의 터키 내 좌우익의 유혈 갈등, 오스만 터키의 역사와 근대사의 구체적 사실(史實), 당대의 정치적 대립과 갈등이 사실주의적인 형식으로 서술되고 있다.

역사가 파룩(주의 깊은 독자들은 그가 『하얀 성』의 서문을 쓴 파룩 다르븐오올루와 동일인이라는 것을 눈치챌 것이다.), 혁명주의자 여대생 닐귄, 미국에 가서 부자가 되려는 야망에 불타오르는 고등학생 메틴. 이 세 남매는 이스탄불에서 50킬로미터 떨어진 휴양 도시에 살고 있는 아흔 살 할머니 파트마의 집으로 가서 일주일간 머물게 된다. 독자들은 이들의 일주일 동안의 행보와 파트마의 내적 독백을 통해 지난 구십 년 동안의 가족사와 세 세대의 비밀을 알게 된다.

이 소설에서는 파묵의 데뷔작 『제브데트 씨와 아들들』에서 볼 수 있는 전통적 사실주의 소설의 사건 전개나, 등장인물들을 3인칭 시점으로 반영하는 서술자가 사라지고, 1인칭 시점을 통해 인물들이 직접 자신의 이야기를 한다. 그러나 단지 한 사람의 시점이 아니라, 포스트모더니즘의 다원적인 특징인 '다층적 서술 방식'을 통해 등장인물 다섯 명의 관점을 반영하고 있다.

좀 더 깊이 소설 속으로 들어가 보면 여러 가지 문제들이 제시되어 있다. 파묵은 술탄제, 공화주의, 공산주의, 민족주의, 종교 문제, 서양 학문, 동서양 문제, 빈부 갈등, 신분 문제, 남녀 문제, 반항하고 방황하는 젊은이들, 지식인의 고뇌, 물질만능주의에 대한 비판 의식, 세대 차이, 허무주의와 패배 의식 등 광범위한 이슈들을 드러낸다. 이렇듯 파묵은 터키의 많은 문제들을 한 집안을 중심으로 서술하면서, 대략 백 년간의 터키 역사를 한 권의 소설 속에 집약해 보여 주고 있다.

파묵의 여러 작품을 번역한 후, 그의 초기작에 해당되는 이 소설을 번역하면서, 초기작이기는 하나 구성에 짜임새가 있고 문장에 혼신의 힘이 들어가 있어, 향후 대가로 성장할 가능성이 여실히 드러난 작품이라는 인상을 받았다. 특히 각 장마다 화자가 바뀌고 1인칭 시점에서 이야기를 전개하는 독특한 실험과 의식의 흐름 수법을 통해 과거에 살았던 인물들을 생생하게 부활

시키는 데 성공했다고 할 수 있다.

이 소설에서 가장 색채감 있는 인물은, 소설의 시간적 배경이 되고 있는 시기보다 사십 년 전에 죽은 파트마의 남편 의사 셀라하틴이다. 이미 세상을 떠났지만, 독자들은 파트마의 회상을 통해 이 특이한 인물을 만나게 된다. 의사이지만 정치적인 이유로 부득이 유배 생활을 할 수밖에 없었던 그는 평생을 백과사전 집필에 바쳤고, 이 작업에 병적으로 집착한 나머지 유배 생활을 끝마칠 기회가 왔을 때도 이스탄불로 돌아가지 않는다. 백과사전이 출간되면 터키인 모두가 자신을 존경할 거라 확신하지만, 결국 집필을 끝내지 못하고 죽는다. 그는 루소나 볼테르 등 서양 철학자들의 이름을 입에 달고 다니는 서양 추종자로서(그의 성은 터키어로 다르븐오울루, 즉 '다윈의 아들'이라는 뜻이다.) 신의 존재도 거부하고, 동양을 무지하고 나태하다는 이유로 혐오하는 인물이다. 그는 당시 터키 지식인들 중 동양의 모든 미덕을 부정하는 맹목적인 서양 추종자의 단면을 보여 주고 있다. 그의 아들 도안 역시 아버지처럼 순진한 꿈을 품고 안간힘을 쓰다 어린 세 자녀를 뒤로하고 젊은 나이에 죽고 만다.

셀라하틴의 혼외 아들들인 난쟁이 레젭, 절름발이 이스마일. 이스마일의 아들이며, 의도하지는 않았지만 살인을 저지르고 마는 이상주의자 하산. 이들 역시 다르븐오울루 가족과 연관되어 불행한 삶을 사는 인물들로 등장하고 있다.

할머니 파트마의 내적 독백은 이 작품의 압권이라 할 수 있다. 우리는 파묵의 노련한 펜을 통해 과거와 현재를 넘나드는 그녀의 의식의 흐름을 감탄하며 읽어 내려가게 되는 한편, 인내와 침묵으로 격동의 시기를 살아 낸 한 여성의 불행한 삶을 목격하게 된다. 파묵은 포크너식 관점, 그러니까 같은 이야기를 다양한 관점에서 바라보는 스타일로 이 작품을 쓰고자 했다.

등장인물들의 '사랑'에 눈을 돌려 보자. 이 소재는 소설 전체를 관통하며 독자들의 뇌리 한편을 사로잡는 흐름이기도 하다. 단적으로 말하면, 거의 모든 등장인물은 '응답 없는 사랑'을 하고 있다. 먼저, 가장 비극적으로 끝나는 하산과 닐귄의 사랑을 보자. 이들은 어린 시절을 함께 보낸 친구 사이이다. 시간이 흐른 뒤 하산은 아름답게 성장한 닐귄을 보며 짝사랑을 하게 된다. 하지만 닐귄에게 하산은 그저 어린 시절 친구일 뿐이지 그 이상의 의미는 없다. 이들의 세계관 역시 완전히 상반되며, 결국 서로 상충되는 이데올로기 때문에 하산은, 의도하지 않았지만, 닐귄을 죽음으로 몰아넣는 사고를 저지르고 만다.

메틴과 제일란의 경우를 보자면, 제일란을 보고 첫눈에 반한 메틴은 술김에 그녀를 겁탈하려 하지만 진실된 사랑과는 먼 치기 어린 행동으로 끝나고 만다. 역사학자 파룩 역시 사랑하는 여자와 결혼하지만, 그의 알코올 중독, 불임 문제 등으로 부부는 이혼하고 만다. 하지만 파룩은 여전히 아내를 잊지 못하며 방황하는 인물로 그려지고 있다.

셀라하틴과 파트마의 결혼 생활 역시 순탄치 못했다. 친정아버지의 권유로 셀라하틴과 결혼한 파트마는 시간이 흐르면 남편을 사랑할 수 있을 거라고 생각했지만, 셀라하틴의 관심은 그녀가 아니라 백과사전 집필이었으며, 이후 집안에 들인 다른 여성과 혼외 자식까지 낳는 불륜을 저지른다. 파트마의 셀라하틴에 대한 증오와 불행한 결혼 생활은 당시 터키의 사회상과 함께 드라마틱하게 묘사되고 있다.

이렇듯 『고요한 집』의 사랑 테마는 슬픔, 고통, 후회, 증오 같은 키워드로 요약할 수 있을 것이다. 소설 전체를 관통하고 있는 이러한 사랑 문제는, 서술 스타일 및 소재상 자칫 무거울 수도 있는 작품을 인물들이 처한 상황에 맞게, 경박하지 않게 다뤄지면서, 독자들의 관심을 자극하는 요소로 작용하고 있다.

파묵은 이 소설에 관하여 "젊은이들은 내 작품들 가운데 『고요한 집』을 가장 좋아한다고 알고 있습니다. 이 책에 어쩌면 나의 젊은 날과 관련된, 진정 나의 영혼과 관련된 무엇인가가 있기 때문인지도 모르겠습니다. 나는 이 소설에서 인간이 젊었을 때 느끼게 되며, 일정한 나이가 든 후에야 삶의 자체로서 볼 수 있는 이중성을 파헤치려고 했습니다. 젊은 날의 고통스러운 부분은 인간관계에서 드러나는 이중성을 보는 것인데, 이에 맞서 무언가를 하고 싶지만, 결국 그렇게 하지 못하고 나중에는 이를 자연스럽게 받아들이는 것이지요. 『고요한 집』에 등장하는 모든 젊은이들은 나였습니다. 이들 모두에게 젊은 시절의 다양한 정신 상태를 파헤쳐 적용해 보려 했고 이는 무척 즐거운 작업이었습니다."라고 고백한다. 이 소설을 읽는 독자들은 파묵의 이러한 언급에 충분히 공감할 거라 감히 확신한다. 방황하는 젊음, 반항하는 젊음, 고뇌하는 젊음……. 우리 모두는 이러한 시절을 살고 있거나, 살았기 때문이다. 파묵 역시 소설 속 청소년들처럼 1970년대에 해안 마을에서 자동차 경주를 했으며, 디스코텍에 출입했고, 친구들과 해변에서 만나 시간을 보냈으며, 어떤 집에 모여 취

할 때까지 술을 마셨는데, 이러한 경험들은 이 소설에 고스란히 반영되고 있다.

또한 그는 『고요한 집』을 집필할 때 영감의 원천이 되었던 것이 외할아버지가 외할머니에게 썼던 편지들이라고 밝히고 있다. 파묵의 외할아버지는 20세기 초에 법학을 공부하기 위해 베를린에 갔고, 당시 외할머니와 약혼한 상태였다. 외할아버지는 베를린에서 유학하면서 이스탄불에 있는 약혼녀에게 많은 편지를 쓰는데, 이 편지들의 분위기가 셀라하틴이 파트마에게 충고하는 투와 비슷했던 것이다. 예컨대, 여기에서는 여성의 참정권 문제가 논쟁이 되고 있다, 당신은 여권신장에 대해 어떻게 생각하는가, 유럽에는 이것이 있고 저것이 있는데, 당신은 어떻게 생각하는가……. 이에 대한 외할머니의 반응은 무관심과 '죄', '금기' 등의 사고가 지배적이었으며, 그녀는 책을 좋아하지 않았고, 가혹할 정도로 현실주의자였다. 그러니까 외할머니는 소설 속 파트마와 비슷한 인물이었으며, 파묵은 이들의 불행했던 관계를 상상하면서 『고요한 집』을 구상하기 시작했던 것이다. 이렇듯 이 소설은, 파묵 자신의 주변에 있는 인물들, 자신의 청소년기 등을 재료로 삼아 써 내려간 작품으로 다른 작품들과 마찬가지로 자전적 요소가 다분히 담겨 있다.

이 작품에서는 흥미롭게도 장차 파묵의 문학적 행보를 짐작하게 하는 단초가 될 법한 것들이 망라되고 있다. 예를 들면 다층적 서술 방식을 택했다는 점에서 『내 이름은 빨강』, 물건에 대한 집착(빗, 보석함, 물병, 화장수 등)을 보여 준다는 점에서 『순수박물관』, 파묵과 그의 가족이 직접 언급된다는 점에서 『눈』, 『내 이름은 빨강』, 『순수 박물관』 그리고 향후 파묵이 집요하게 다루게 될 동서양 갈등 및 충돌 문제까지……. 한편으로는 젊은 소설가가 빠지기 쉬운 허무주의나 패배주의가 묻어 있는 것도 어렴풋하게나마 느낄 수 있다.

나는 2011년 여름 이스탄불에 있는, 소설과 동명의 '순수 박물관'에서 파묵과 만났다. 박물관 개관 준비 때문인지 초췌한 모습이었다. 파묵과 함께 박물관을 둘러보며 당시 1차 번역을 마쳤던 『고요한 집』에 대해 대화를 나누었다. 파묵의 작품들 중 특히 등장인물들이 생생하게 살아 있는 이 소설이 왜 기대에 부응하는 조명을 받지 못했는지에 대해 조심스럽게 물었을 때, 파묵은 책도 우리 인간처럼 각기 나름의 운명을 가지고 있다고 말하면서 이렇게 덧붙였다.

"그렇게들 말하지만 『고요한 집』은 내게 아주 특별합니다. 왜냐하면 처음으로 해외에서 상을 받은 작품이니까요. 그러니까 『고요한 집』은 내가 세계적으로 알려지는 데 아주 중요한 역할을 했습니다."

프랑스에서 받은 유럽 발견상을 의미하는 말이다.

『고요한 집』은 파묵의 데뷔작인 『제브데트 씨와 아들들』 그리고 『하얀 성』 사이에 출간된 작품이다. 『제브데트 씨와 아들들』은 《밀리예트》 신문 소설상을 받으며 그가 문단에 화려한 샛별로 등장한 작품이며, 『하얀 성』 역시 《뉴욕 타임스 북리뷰》에서 극찬을 받아 세계적인 작가로 자리매김을 하게 해 준 작품이다.

이러한 호평을 받은 작품들 중간에 낀 소설이었기 때문에, 혹은 이 작품들보다 대중적이지 않다는 이유로, 『고요한 집』이 폭발적인 조명을 받지 못한 것이 아닌가 하는 선입관을 가질 수 있다. 하지만 『고요한 집』은 소설의 배경이 된 시대의 정치, 문화, 사회의 역동성을 충실히 반영했을 뿐만 아니라, 새로운 스타일을 성공적으로 적용하고 있는 소설이다. 예를 들어 한 문장에 서로 다른 시제를 동시에 사용한 도전적인 시도, 이러한 서술 방식은 독자들에게 복잡하고 어렵게 다가오는 것이 아니라 오히려 신선하게 느껴질 것이다.

『고요한 집』은 여러 가지 면에서 향후 그의 작품 성향에 어떤 영향을 미쳤는지를 가늠하는 길잡이로서의 역할을 톡톡히 한 소설임을 한 치의 주저 없이 말할 수 있는 작품이다.

4

나는 왜 나일까?
우리는 우리를
잘 알고 있을까?

『하얀 성』

"나는 네가 되었어!"

유럽과 아시아라는 거대한 두 대륙의 접점에 위치한 터키는 독특한 지정학적 위치로 인해 동서양 문명이 유입, 전달되는 통로로서 양 문명의 영향을 쉴 새 없이 받아 왔다. 이러한 특징은 터키가 본격적으로 서구화되는 시점인 19세기 중반부터 특히 두드러지는데, 양대 문명의 마찰로 인한 충돌과 갈등 양상은 다른 나라와는 비할 수 없을 크고 깊은 진폭으로 터키 사회 전반에 걸쳐 다양하게 드러난다. 혼란과 갈등과 혼융은 자연히 문학에도 영향을 미치게 되어 수많은 작가들이 이를 작품의 소재로 삼았고, 지금도 여전히 터키 사회와 문학계에 중요한 담론으로 자리 잡고 있다.

오르한 파묵은 동서양 대비를 통해 터키의 정체성을 집요하게 탐구하는 독보적인 작가로, 특히 동서양 갈등 문제를 다룬 작품들로 세계적인 작가의 입지를 굳혔다. 스웨덴 한림원이 2006년 노벨 문학상 수상자를 발표하면서 "파묵은 고향인 이스탄불의 음울한 영혼을 탐색해 가는 과정에서 문화 간 충돌과 복잡함에 대한 새로운 상징을 발견했다."라고 선정 이유를 밝힌 바 있듯이, 파묵의 작품에서 문화, 더 광범위한 의미로 문명 충돌은 가장 중요한 상징 요소들 중 하나이다.

그의 모든 작품들, 첫 소설인 『제브데트 씨와 아들들』부터, 『고요한 집』, 『하얀 성』, 『검은 책』, 『새로운 인생』, 『내 이름은 빨강』, 『눈』, 『이스탄불 — 도시 그리고 추억』 그리고 최근작 『순수 박물관』에 이르는 작품들에서 볼 수 있는 공통된 모티프는 동서양 문명의 갈등, 충돌 및 대비를 통해 터키 정체성을 탐구하는 것이었다. 파묵의 모든 소설은 각기 형식은 다양하지만, 공통적으로 동서양 문제를 다루고 있으며, 그의 소설들은 동양과 서양의 서로 다른 문화를 비교하며, 그 상이성과 유사성을 묘파하고 있다.

이들 작품 중 특히 『하얀 성』(1985년)은 현재까지 발표된 그의 여덟 편의 소설들 중, 동고동락하는 동양인과 서양인을 주인공으로 설정했다는 점에서 동서양 문제를 가장 두드러지게 다룬 작품이라 할 수 있다. 파묵은 이 소설에서 두 주인공을 통해 서로 다른 두 세계 혹은 두 문화를 대비시키면서 터키가 안고 있는 정체성의 문제를 집요하게 탐구하고 있다. 그는 동서양 문제에서 연유하는 터키의 정체성을 토로하면서 자신이 어렸을 때부터 고심했던 문제인 동서양 갈등과 이로 인해 야기된 정체성 문제를 풀어 보기 위해 『하얀 성』을 쓰게 되었다고 집필 이유를 밝힌 바도 있다.

『하얀 성』은 터키에 유입된 서양 의학, 천문학, 무기 제조 등 서양 문물의 역사를 기술하고 있다. 동시에 인간이 자신의 주변을 통해 정체성을 탐구하는 텍스트이기도 할 것이다. 그리고 어쩌면 이 텍스트에서 '역사'는 다른 소설들(예컨대 『내 이름은 빨강』)과는 달리 상당 부분이 구체적인 사실(史實)과 관련성이 희박하다고 할 수 있다. 그가 읽었던 역사책들과 그와 관련된 원문들을 자신의 상상을 통해 픽션화했기 때문이다. 역사 또는 구체적 사실(事實)은 엄밀히 말하자면 허구를 정당화하기 위해 차용된 것이며, 이 역사 혹은 사실들의 고유한 의미는 그다지 중요하지 않다. 그는 이 소설을 통해 17세기의 역사를 다시 기술하는데, 이러한 기법은 독자로 하여금 역사를 문화적, 문학적 상상력으로 파악하도록 만든다.

『하얀 성』은 베네치아에 살던 학자가 항해를 하다가 오스만 제국의 해군에 포로로 잡혀 호자라는 터키 주인의 노예가 되면서부터 시작된다. 호자 역시 노예와 마찬가지로 학문과 과학에 관심이 많다. 외모 등 모든 면에서 쌍둥이처럼 닮은 두 사람, 터키인 호자와 베네치아인 노예는 서로를 보다 잘 이해하고 이해시키기 위해 집 안에 칩거하기로 한다. 두 사람은 마주보고 앉아 논쟁을 하며, 서로의 문화를 이해하려고 노력한다.

이후 두 사람은 이스탄불에서 발생한 페스트가 더 이상 확산되지 않도록 여러 조치를 취하고, 그리하여 파샤들뿐 아니라 파디샤의 신임까지 얻게 된다. 더 나아가 이들은 자신들의 모든 시간을 흥미로운 발명에 쏟고, 종국에는 가공할 무기를 만들게 된다. 하지만 이 무기는 불행히도 전쟁 시에 효과가 전혀 없었고, 오스만 군대는 패배한다. 파샤들은 패배의 원인이 베네치아인 노예가 불운하기 때문이라고 여겨 그를 죽이라고 주장한다. 이에 호자와 노예는 서로의 신분을 바꾸어, 터키인 호자는 이탈리아로 가고, 이탈리아인 노예는 호자의 신분으로 터키에 정착한다.

이미 언급한 대로 『하얀 성』은 호자와 노예가 외관상 서로 닮았다는 사실에서부터 이야기가 시작된다. 이 두 인물은 각각 터키와 이탈리아에서 태어나 성장한 만큼 문화적인 배경은 이질적이었으나, 끊임없는 대화를 통해 점차 서로를 이해하게 된다. 그리고 소설은 그들이 외양뿐 아니라 사고까지 닮게 되어 종국에는 서로 역할을 바꾼 채 각기 다른 문화권에 정착하는 상황을 결말로 그리고 있다.

호자가 위기에 처한 노예를 데려오는 것은 노예가 지닌 지식에 대한 동경과, 그의 지식을 배우고자 하는 열망 때문이었다. 호자는 서양의 학문을 모두 배우고 싶어 한다. 지적 호기심이 매우 강한 호자는 노예에게 터키인의 무지함을 자주 토로하고, 그럴 때는 항상 동양인을 '그들'이라고 칭하며 자신을 다른 동양인들과 구별하려 한다.

호자라는 인물은 오스만 제국이 정체기에서 쇠퇴기로 넘어가는 17세기에 살고 있으며, 대단히 호기심이 많다는 사실을 염두에 두고 이해해야 한다. 그는 당시 다른 터키인과는 달리 유별나게 동양인을 무시하는 동시에 서양에 지대한 관심을 지니고 있는 인물이다. 항상 서양과 서양인을 궁금해하며 노예에게 '그곳'(서양)에 관하여 자주 묻는다. 그곳 사람들이 무엇을 생각하며, 무엇을 입으며, 무엇을 배우는지에 대해.

파묵은 『하얀 성』에서 사실적인 기법보다는 동화적인 서술 기법을 사용하고 있는데, 우리는 이를 『하얀 성』만의 어떤 미학으로 이해해야 할 것이다. 호자의 동화 같은 환상은 결국 자신이 주도하여 개발한 무기가 제 역할을 하지 못하고 전쟁에서 패배함과 동시에 위기를 맞지만, 그는 이를 서양으로 갈 수 있는 계기로 역이용한다. 이후 그는 노예와 역할을 바꾸어 이탈리아로 가고, 거기서 터키에 관한 책을 써서 유명해진다. 호자는, 물론 노예 역시 마찬가지지만, 자신이 선택한 나라에서 결혼을 하고 자신이 원하는 일을 하면서 행복하게 살아간다. 이 '행복'의 의미는 파묵에게 매우 미묘한 문제로, 그의 말을 직접 들어 볼 필요가 있다. '소설의 주인공들은 어느 시점 이후에 각기 나라를 선택한다. 그들의 선택에서 행복이라는 것이 논쟁될 수 있을까.'라는 질문에 파묵은 이렇게 답하고 있다.

"이 소설에서 문화와 행복 사이의 관계에 관해 주인공들이 매우 고민을 하고 있습니다. 이들은 상대방의 문화, 살고 있는 환경 또는 일상생활의 색채에 대해 지니고 있는 자신들의 생각이 옳은지 그른지에 대해서는 시비를 가리지 않습니다. 즉 상대방보다 더 행복한지 또는 더 불행한지는 알 수 없습니다. 단지 이들은 서로에 관하여 이야기를 만들고 그 이야기에 몰입하고 있을 뿐입니다. 이렇게 해서 서로를 이해할 수 있다는 생각을 하게 되는 거지요."

자신의 책에 이탈리아에 대한 이야기도 넣고 싶어 찾아온 여행가 에블리야가 노예에게 "서로 삶을 바꾼 그 사람들이 새로운 인생에서 행복해질 수 있을 거라고 믿습니까?"라고 묻지만 그는 대답하지 못한다. 파묵은 이에 대한 대답을 독자에게 맡기고 있다. 우리는 우리의 삶을 바꾸기를 갈망하는데, 과연 자신의 삶이 바뀌었을 때, 즉 '나'를 벗어나 또 다른 내가 되었을 때, 그 현실에 만족하며 행복할 수 있을까?

노예는 호자가 동양을 비난하는 데에서 긍정적인 부분을 발견하고, 호자가 궁전에 다녀온 후 불평을 늘어놓을 때 조용히 경청하면서 그곳 사정을 자세히 알게 된다. 그리하여 이후 호자와 역할을 바꾸었을 때, 파디샤의 은총으로 궁전을 자주 출입하게 되며, 호자가 말하던 '바보들' 사이에서 살면서 행복하게 살아간다. 하지만 이러한 행복감으로도 채워지지 않는 단 하나의 아쉬움은 가끔 이탈리아에서 그를 찾아오는 손님을 통해 소식을 듣는 호자에 대한 그리움이었다. 사실 외양이 비슷했던 두 사람은 주인과 노예로서 함께 살기 시작하면서 시간이 흐름에 따라 생각과 행동도 서로 닮아 가기 시작했다. 따라서 이러한 그리움은 서로의 분신에 대한 그리움, 보다 궁극적으로 말하면 동서양의 이질성보다는 차라리 유사성을 강조하는 파묵의 사고를 암묵적으로 보여 주는 것이라 할 수도 있다.

『하얀 성』에서 파묵이 가장 심혈을 기울여 이야기하고자 한 부분은, 이 소설의 주요 모티프인 호자와 노예 사이의 유사성이다. 서로가 모든 면에서 쌍둥이처럼 닮은 이 두 사람은, 외양의 비슷함과 학문에 대한 호기심으로 함께 살기 시작한다. 점차 시간이 흐르면서, 처음에는 두 사람이 그저 외양만 비슷했지만, 학문과 문화에 대한 서로의 호기심으로 인해, 나중에는 생각마저 닮아 간다. 소설의 중반부터 호자는 '다른 사람이 되고' 싶은 생각을 노예에게 토로하고, 결국 어느 순간 호자는 자신이 노예와 동일화되어 있음을 깨닫는다.

이 둘의 유사성의 문제는 소설 중반부부터 가속화되어 이미 결말을 암시한다. 한 공간에 틀어박혀 생활하던 그들은 자신들이 누구인지 알기 위해 끊임없이 거울을 들여다보았으며, 급기야 호자는 서로의 역할을 바꾸자는 말까지 하게 된다. 이를 통해 우리는 언젠가 그들이 역할을 바꾸리라고 짐작할 수 있으며, 실제로 그들은 결말부에서 서로 역할을 바꾸어 이질적인 공간에 정착한다.

이렇게 호자(동양)와 노예(서양)를 하나의 '또 다른 나'(분신) 모티프로 설정해 서술한 문제는 다양한 담론의 주제가 되었는데, 특히 두 문화의 '불합치론'에 대한 항의였느냐는 질문에 파묵은 이렇게 답하고 있다.

"소설의 심장부에 쌍둥이 이야기가 있습니다. 동양과 서양의 문화에서, 독일 낭만주의 작가 호프만과 동양 문화, 예를 들면 『천일야화』에서도 '분신(doppelgänger)' 테마를 자주 볼 수 있습니다. 나는 정체성의 고뇌를 어떤 게임의 형식으로 이 테마에 접목시켰습니다. 주인공들이 서로 닮거나 닮지 않는 것 즉 서로의 정체를 상호간의 거울로 사용한 것은 시사적인 부분에 의거하려 했던 것이 아니라, 영원한 정체성 문제를 게임화하고자 했던 것입니다. 동양과 서양이 얼마나 가깝고 얼마나 먼가는 내 소설의 소재가 아닙니다. 러디어드 키플링은 자신의 시에서 "동양은 동양이고, 서양은 서양이다.(East is East, West is West.)"라고 말한 바 있습니다. 나의 소설은 어쩌면 이 진부하고 구태의연한 태도에서 벗어나고 싶었기 때문에 쓰인 것일 수도 있습니다. 이 소설에는 동양은 동양이 되지 말며, 서양은 서양이 되지 말라는 바람이 내포되어 있습니다."

이렇듯 파묵이 소설의 두 주인공으로 쌍둥이처럼 닮은 동양인과 서양인을 설정한 것은 두 문화의 상대성을 주장하는 사람들의 의견과 시대에 맞지 않는 사고에 맞서기 위함이라 할 수 있다. 음과 양의 우열이 없듯 상위 문화나 하위 문화는 있을 수 없다고 그는 말하고 싶었던 것이 아닐까.

자주 언급했듯이, 터키 현대 소설가들 중 파묵이 부단히 동서양 문제를 모티프로 하여 글을 쓴 이유도 터키의 현실을 반영하는 것이라 할 수 있다. 하지만 수많은 비평가들이 유독 파묵의 문학을 주목하는 이유는 그가 여타의 작가들처럼 동서양에 관한 전통적인 공식(서구화는 곧 부도덕화)이나 물질적 가치와 정신적 가치의 대립 등의 고정관념에 안주하지 않고 현시대를 반영하는 새로운 모색을 하고 있기 때문이다. 그는 터키의 역사나 일상의 삶을 토대로 동서양 문제를 밀도 있게 다루는 동시에 독자들이 자신의 텍스트를 통해 지적 호기심을 만족시킬 수 있도록 형식과 구성 면에서 다양한 형태의 실험을 시도했다.

『하얀 성』에서 파묵은 동양적인 모든 것에 대하여 불신하고 비난하는 호자라는 인물을 통해 당시 세태의 주를 이루던 맹목적인 서양 신봉자들의 모습을 그리고자 했을 것이다. 이에 반해 서양인 노예의 눈에는 동양이 호자의 눈에 비친 모습으로 남지 않았다는 점을 주목해야 한다. 결국 호자가 바보들이라고 비난하는 사람들과 어울려 행복하게 사는 노예의 삶을 통해 동양적인 가치를 인정하며 실존하는 전형을 묘사함으로써, 동시대의 사람들에게 양대 문화를 조화시켜 슬기롭게 살아가는 방법을 제시한 점 역시 간과해서는 안 될 것이다.

이렇듯, 이 소설에서 양대 문화의 본질을 파악함에 있어서 균형감을 잃지 말아야 한다는 메시지를 전달하려는 흔적을 찾아볼 수 있다. 다시 말해 파묵은, 호자는 동양 사람들의 우매성에 대해 신랄하게 꼬집고 있지만, 노예는 이를 호자의 편견으로 생각하고 긍정적인 관점에서 승화하고 있다는 사실을 역설한 것이다. 또한 파묵은 서양을 상징하는 '무기'를 통해 거대하고 압도적인 무기가 결과적으로는 전쟁에서 전혀 효력을 발휘하지 못하는 것으로 결말 지음으로써 서양의 거대하고 압도적인 힘에도 분명 한계가 있음을 보여 주고자 하였다. 따라서 『하얀 성』은 동양과 서양 중의 어느 한쪽의 상대적인 우월성을 부정하고, 둘의 합일을 모색하였다는 점에서 진정한 의미를 찾을 수 있을 것이다.

소설 속 인물 파디샤의 말을 빌리면 결국 '모든 삶은 서로 닮은 것'이다. 다른 세계의 사람이 혹은 삶이 유독 특별하다고 할 수는 없다. 다시 말해 상대 나라에 정착하여 행복한 삶을 영위하지 못하는 이는 없다는 말이다. 이 소설에서 파묵은 세계의 역사는 동양이 서양이 되고 서양이 동양이 되는, 즉 서로 영향을 주고받아야만 하고 또 주고받을 수밖에 없다는 사실을 등장인물들을 통해 암묵적으로 항변하는지도 모른다. 파묵은 자신이 동양인인지 또는 서양인인지는 중요하지 않다고 말한 바 있다. 특히 이 소설의 가장 중요한 모티프인 '분신' 모티프는 동양과 서양이 서로 상반된 문화가 아니라 닮은꼴이라는 점을 궁극적으로 암시하고 있는지도 모른다. 중요한 것은 동양인이나 서양인이기 전에 서로를 이해하려고 하는 같은 인간이라는 사실이다.

요컨대 『하얀 성』은 서로 다른 세계의 두 주인공을 통해 동서양의 정체를 모색하는 동시에 이해하고자 하는 작품이며, 우리가 누구이며, 무엇을 원하며, 어떻게 행복해질 수 있느냐에 관한 자기 성찰적인 소설이다. 동서양 문제에 관해 파묵의 말을 다시 한 번 부연하자면 '동양은 동양이 되지 말며, 서양은 서양이 되지 말라.'라는 바람이 이 소설의 궁극적인 모티프라 할 수 있을 것이다. 때문에 파묵은 노예의 입을 통해 "어쩌면 몰락이란 우월한 사람을 보고 그들을 닮으려 하는 것을 의미하는지도 모른다."라고 우회적으로 표현했을 것이다.

한편 『하얀 성』의 1986년 판(5쇄)에 그는 「『하얀 성』에 관하여」라는 글을 후기로 첨부한다. 이 글을 통해 어떤 책들에서 영감을 받았으며, 어떤 형식이나 기법 문제에 부딪히게 되었으며, 이러한 문제를 어떻게 해결했고, 자기 삶의 어떤 부분을 허구의 장(場)으로 끌어들였는지를 세세하게 독자들에게 설명하고 있다. 이는 포스트모더니즘에서 말하는 자기 반영적인 '메타픽션(metafiction)' 기법이다. 파묵은 자신이 어떻게 이야기를 꾸몄는지를 독자에게 말해 줌으로서 어쩌면 독자들과 그것을 나누기 원하며 의사소통을 시도하는지도 모른다.

궁극적으로 파묵은 정체성에 대해 독자들에게 아주 단순하고도 거대한 질문을 던진다. '나'는 누구인가? '나'는 나를 벗어나 새로운 '나'가 될 수 있는가?

5

이슬람 고전문학의 현대적 접목, 그 아찔한 향연

『검은 책』

"왜냐하면 인생만큼 경이로운 것은 없기 때문이다.
글쓰기를 제외하고는. 글쓰기를 제외하고는.
그렇다, 물론, 유일한 위안거리인 글쓰기를 제외하고는."

오르한 파묵은 2006년에 터키 역사상 최초로 노벨 문학상을 수상했다. 유럽과 미국 작가들, 그들만의 잔치였던 노벨 문학상의 전력을 감안하면, 제3세계 그것도 이슬람권 출신의 다소 생소한 작가에다 비교적 젊은 나이인 그를 수상자로 선정한 것을 의외로 받아들였을 독자도 많았을 것이다.

그는 동양의 서술 전통에 현대적인 이야기와 서술 기법을 적용하여 새로운 소설 장르를 창조했고, 이러한 이유로 '창조성'이라는 측면에서 커다란 성공을 거두었다고 문학평론가들은 입을 모은다. 실제로 파묵은 작품의 모티프를 대부분 역사에서 도출하여 이야기를 꾸며 내는 데 남다른 능력을 보여 왔다. 기발하고 독창적인 착상에다 이야기를 이끌어 가는 힘 역시 탄탄하고, 그것을 엮는 구조 또한 치밀하다. 그는 소설을 발표할 때마다 새롭고 실험적인 방식을 채택해 왔지만, 그런 새로운 요소가 그의 소설을 읽고 이해하는 데 방해를 하지 않고 오히려 독자들이 긴장을 늦출 수 없게 한다는 점에서 그의 비범성을 엿볼 수 있다. 또한 소설마다 시도하는 독창적인 구조의 꼭짓점에 확고한 주제 의식이 자리를 틀고 있는 것 또한 그의 작가적 역량을 말해 준다.

스스로 밝힌 바 있듯이, 그의 작가로서의 저력은 무엇보다도 매일 출근하여 업무를 수행하는 일반 직장인처럼, 자신을 글쓰기 업무를 수행하는 직업인으로 규정하고 어떤 일이 있어도 하루 열 시간 이상을 글쓰기에 매달렸던 노력의 소산으로 볼 수 있다. 또한 작가란 바늘로 우물을 파듯이 글을 쓰는 사람이라며 한 페이지도 완성하지 못하는 글에 하루 종일 매달리는 그에게서 작가로서의 치열함을 느낄 수 있다. 그의 이러한 직업인 정신과 근면성, 글쓰기에 자신의 모든 것을 바치고 매진하는 태도가 그를 세계 문학의 대가의 반열에 자리매김하는 밑바탕이 되었음에는 의심의 여지가 없다.

스웨덴 한림원은 2006년 노벨 문학상 수상자를 발표하면서 "파묵은 고향인 이스탄불의 음울한 영혼을 탐색해 가는 과정에서 문화 간 충돌과 복잡함에 대한 새로운 상징들을 발견했다."라고 선정 이유를 밝힌 바 있다. 필자의 소견으로는 그의 모든 작품 가운데 이 말에 가장 어울리는 소설이 바로 『검은 책』(1990년)인 듯하다.

파묵은 『하얀 성』이 출간된 1985년에 뉴욕 컬럼비아 대학에 있었다. 아내가 이 대학에서 박사 과정 중이었기 때문이다. 파묵은 컬럼비아 대학에서 터키어 강의를 했으며, 대학은 그에게 작은 연구실도 배정해 주었다. 도서관에 있는 이 작은 연구실에서 그는 『검은 책』의 절반 이상을 썼다. 하지만 파묵은, 아이러니컬하게도, 서양 문명의 거대한 문화 중심부, 예컨대 런던, 파리, 뉴욕에 온 후 자신의 문화적 정체성에 대해 일종의 불안감을 경험했다. 기가 질릴 정도의 막대한 문화의 풍요 앞에서 자신에게 질문을 던지기 시작했다. '터키 문화는 무엇이지? 나는 누구지? 지금 무엇을 하고 있지?' 등등. 당시까지 파묵은 터키의 문화적 지향점과 정체성이 오로지 서구화되는 것이라고 믿고 있었는데, 미국에 체류하면서 비로소 동양 문학에 지대한 관심을 갖기 시작했고, 대부분 페르시아어 텍스트에서 번역된 이슬람 신비주의 관련 고전 텍스트들을 섭렵하기 시작한다. 예컨대 메블라나의 『메스네비』 번역본, 어린 시절부터 여러 번 읽었던 『천일야화』를 다른 관점에서 읽는 등의 독법으로. 일례로 『검은 책』에 나오는 메블라나 젤랄레딘 루미의 이야기, 소설의 제1부 제15장 「눈 오는 밤의 사랑 이야기」의 모티프는 『천일야화』에서 끝없이 이어지는 '이야기하기' 작법을 차용했으며, 변장 모티프, 다른 사람 되기 모티프 역시 이 책에서 영감을 얻었다.

『검은 책』은 변호사 갈립이 어느 날 홀연히 종적을 감춘 아내 뤄야를 추적하는 한편, 아내의 행방에 사촌형인 칼럼 작가 제랄이 관여되어 있을 것으로 추정하고 그에 관한 단서를 찾아가는 미스터리 형식의 소설이다. 파묵의 또 다른 대작인 『내 이름은 빨강』 역시 미스터리 형식을 취하여 독자들로 하여금 추리 과정에 대한 관심을 작품 전반에 묶어 둔 바 있다. 이와 유사하게 『검은 책』도 아내와 제랄의 행방에 관한 궁금증을 한편에 붙들어 두고, 터키 역사의 여러 사건들, 이스탄불의 우울한 거리와 그곳 사람들의 삶과 같은 가벼운 주제와, 비밀스러운 기관들, 음모, 터키와 유럽과의 관계 설정 및 서양과 비교되는 국가 정체성과 같은 무거운 주제에 대하여 만화경같이 다양한 풍경을 펼쳐 보이고 있다.

이 소설을 이해하기 위해서는 동양 최고의 고전 중 하나로 꼽히는 메블라나 제랄레딘 루미의 『메스네비』와 18세기 터키 신비주의 시인 셰흐 갈립의 『휘순과 아슥』을 알아 둘 필요가 있다. 『검은 책』에 나오는 뤼야와 갈립의 이야기는 남녀 간의 사랑을 다룬 『휘순과 아슥』 이야기와 유사하며, 갈립은 이 작품의 남자 주인공인 '아슥(愛)', 뤼야는 여자 주인공인 '휘순(美)'을 상징한다. 또한 《밀리예트》의 칼럼 작가인 '제랄' 살리크는 메블라나 '제랄'레딘 루미로, 변호사인 갈립은 루미를 이어 500년 후에 신비주의 교주의 위치에 오른 성인(聖人) 셰흐 갈립으로 비견해 볼 수 있다. 신비주의에서 가장 중요한 이슈 중 하나는 정체성 분석이다. 파묵은 『검은 책』에서 신비주의의 '자아 분석'과 '자아 완성' 단계를 추적하고 있다. 또한 신비주의에서는 사랑하는 마음으로 신을 구하는 사람들이 결국 그것을 자신들의 마음에서 찾는 것이 사랑이라고 한다. 셰흐 갈립의 작품에서 아슥은 연인인 휘순을 자신의 마음에서 찾는다. 변호사 갈립도 자신을 떠난 아내 뤼야를 결국 자신의 마음속에서 발견한다. 전 세계 문학계에서는 이러한 신비주의 문학의 대표작과 이슬람 세계 고전 작품들을 현대적 이야기로 훌륭하게 접목시켰다는 점에서 『검은 책』을 높이 평가한다. 다른 말로 하면 수백 년 전의 문학을 현대와 연결하는 다리 역할을 훌륭하게 해냈다는 가치가 크다는 의미이다.

이 작품의 특이한 형식 중 하나는 갈립이 뤄야와 제랄의 자취를 추적하는 이야기 사이사이에 이스탄불과 터키 역사에 대해 고찰한 제랄의 칼럼을 격자식으로 배치하는 포스트모더니즘의 콜라주 기법을 채용했다는 점일 것이다. 기존의 소설에 익숙한 독자는 작가가 왜 이런 형식을 취하였는지 의아해할지도 모른다. 이렇게 복합적인 구성으로 얽혀 있는 이 소설은 따라잡기 힘든 짜임새로 독자들을 낯설게 만든다. 어떤 면에서는 스턴의 『트리스트럼 섄디』처럼 이 가지에서 저 가지로 뛰어넘어, 도무지 종잡을 수 없다는 느낌도 준다.

또한 파묵이 이 작품에서 장르 간 크로스오버를 시도한 것도 엿볼 수 있다. 작가가 의도했건 아니건 간에 그의 다른 작품에서도 이러한 시도를 볼 수 있다. 『눈』에서 연극과 문학의 경계 허물기를 시도한 것이나 『내 이름은 빨강』에서 세밀화라는 회화의 한 분야와 경계 허물기를 시도한 것을 성공적인 예로 들 수 있다. 이 작품은 제랄의 칼럼을 통해서 매스 미디어와 접목을 시도한 소설로 볼 수 있다.

파묵이 나와의 인터뷰에서 『검은 책』의 형식에 관해 언급한 대목에서 독자들은 어느 정도 궁금증을 해소할 수 있을 것이다. "갈립은 뤄야와 제랄이 함께 있다고 생각하고, 그 둘 사이의 각별함을 질투하게 되지요. 또 한편으로는 제랄을 숭배하기도 하고요. 이리하여 그는 아내를 찾는 동시에 제랄이 쓰는 칼럼을 읽으며 그의 행방을 추적하지요. 갈립은 이 둘을 추적하는 가운데 모든 이스탄불의 고고학을 탐색하기 시작합니다. 신비주의, 『천일야화』, 디완, 과거에 터키에서 상영되었던 미국 영화, 터키 영화, 터키 및 이란의 문학, 그림, 대중소설의 테마, 뤼야가 읽는 추리소설……. 즉 1980년대 이스탄불의 대중문화와 언더그라운드 문화, 서양 문학(프루스트, 에드거 앨런 포 등의 작품)이 서로 맞물려 얽히게 됩니다. 도시는 텍스트로, 텍스트는 도시의 신호로 변하고, 이 신호를 통해 갈립은 뤼야와 제랄의 자취를 추적하지요. 사실주의 소설처럼 사건이 전개되는 동시에 사이사이에 칼럼이 등장하는데, 이 둘은 고리처럼 서로 연결되어 있습니다. 한마디로 『검은 책』은 나의 정신 상태를 설명하는 내 영혼의 혼합체라 할 수 있습니다."

이렇듯 실험적인 기법과 구조의 독특함 때문에 이 소설은 발표되자마자 터키 문단에 전무후무한 파문을 일으켰다. 그를 '천재'라 하거나 "터키 공화국 역사상 장인급 소설가 중의 한 명", "그는 하나의 제국이다." 같은 극찬이 쏟아지기도 했지만, 반면 그를 평가절하하는 비평들도 있었다. 또한 이 소설은 지금까지 현대 터키 문학에서 가장 많이 논의되었으며, 호평과 혹평이 극과 극으로 갈린 작품이다.

사실 독자의 입장에서 한편의 장편소설에만 집중하여 한 번에 독파하는 경우는 거의 없을 것이다. 소설을 읽는 틈틈이 다른 일을 하고 때로는 수필이나 신문 칼럼을 읽다가 다시 소설을 이어서 읽는 것이 보통의 독서 절차일 것이다. 하지만 이 소설에 나오는 칼럼들은 무작위적이거나 스토리와 상관없는 것이 아니라, 단서를 제공하고 이야기의 흐름을 이어 간다. 독자가 칼럼 하나에서 독서의 감동을 얻는다면 그 역시 독서의 절차를 무시할 수 없을 것이다. 이렇듯 우리는 이 소설에서 종래의 독서 절차에 변화를 꾀하는 작가의 의도를 발견하게 된다.

이 때문에 『검은 책』은 마치 연극을 상연하며 다양한 요리를 차려 놓고 독자를 초대하는 극장식 식당에 비유될 수도 있을 것이다. 독자는 치밀하게 잘 짜인 미스터리 연극에 집중할 수도 있고, 하나하나 맛깔나게 차려 내온 음식을 음미할 수도 있다. 이 음식들은 역사, 문화, 종교, 사랑, 도시의 인물과 정경 같은 재료를 가지고 비범한 요리사가 독특한 외로움, 자기 불만, 부재와 도피라는 조미료를 사용하여 정성껏 만들어 낸 것들이다. 독자는 연극에 감동을 받을 수도 있을 것이고, 어떤 음식에 감탄하며 식당 문을 나설 수도 있을 것이다.

사실 줄거리를 따라가는 독서법에 익숙한 독자에게는 이야기가 중간중간 끊기며, 칼럼이 삽입되는 것이 익숙하지 않을 것이다. 한편으로는 파묵이 설치해 놓은 교묘한 플롯 장치 때문에 제랄과 뤼야가 사라진 이유와 그들의 행방을 추적하는 것에서 점점 벗어나, 갈립이 제랄과 뤼야를 추적하는 과정 중 알게 되는 터키의 잊힌 과거와 현재의 이스탄불에 관한 이야기에 자신도 모르게 빠져드는 독자도 있을 것이다. 또한 갈립의 입장이 되어 사랑하는 아내가 이유도 밝히지 않고 홀연히 종적을 감추고, 아내를 찾을 수 있는 유일한 단서는 제랄의 칼럼뿐이라는 막연하고 절박한 심정에서 그 칼럼을 정성껏 읽고 신호를 찾아내려는 진지한 독자도 있을 것이다.

한편 눈이 밝은 독자는 파묵이 곳곳에 설치해 놓은 실마리를 잡아 즐거운 여행을 할 수도 있다. 일례로 소설 초반부인 제1부 제5장에서 초등학교 시절 갈립과 뤼야가 하고 놀던 '난 사라졌어!' 놀이 이야기는 이후 갈립이 사라진 제랄과 뤼야를 찾는 여정을 압축해 놓고 있다. 이 부분은 뤼야가 어린 시절 그러했듯이 갈립을 뒤로하고 제랄에게 갈 거라는 점을 암시하고 있다. 이와 비슷한 실마리들이 소설 곳곳에 수도 없이 배치되어 있다. 소설 속에 등장하는 소재와 주제는 모두 작가의 의도임을 잊어서는 안 된다.

개인적으로는 이 소설에서 기억될 만한 이야기 가운데 한 편은 제2부 제16장 「왕자 이야기」라고 생각한다. 터키와 관련된 프로그램을 제작하는 영국 BBC 텔레비전 방송국 사람들에게 갈립이 들려주는 이야기이다. 사람들, 책들, 가구들로부터 벗어나 다른 사람이 되고자 하는, '인생에서 가장 중요한 문제가 인간이 자기 자신이 될 수 있는지 혹은 될 수 없는지를 발견한' 19세기 어느 왕자에 관한 내용이다. 왕자는 지루한 삶에 숨 막혀 하지만 성 속에 있는 외국의 물건들(서양인이 쓴 책, 피아노)에서 결코 벗어나지 못한다. 그는 흰색으로 칠한 빈방에서 자신의 이야기를 받아쓰게 했던 서기와 단 둘이 죽을 때까지 "자신이 될 수 있는 황량한 사막에 있는 돌, 사람의 발길이 닿지 않은 산 사이에 있는 바위, 아무도 보지 않은 계곡에 있던 나무를" 부러워하며 산다. 다른 존재를 모방하는 것은 인간 존재의 고유한 일부이다. 우리는 모두 필연적으로 변화, 변신, 새로운 경험들에 열려 있는 존재이기 때문이다. 새로운 것에 저항하는 것은 삶의 본질에 대한 부정과 다름없다. 이 왕자 이야기에서 파묵은 외부의 영향 속에서 자신의 내면을 들여다보는 것, 우리가 누구인지를 궁금해하는 것, 진정으로 자기 자신이 되고 싶어 하는 것이 인간적인 것이라고 말하고 싶은지도 모른다. 필연적인 한계가 있을지라도. 이 장은 소설 전반에 걸쳐 다루고 있는 '자기 자신이 되는 문제'를 단적으로 보여 주는 멋진 이야기이다.

소설 종반부에서 갈립은 자신이 숭배하고 선망했던 칼럼 작가 제랄을 대신하여 그의 칼럼에 글을 쓰기 시작하며 이후 점점 그와 합치된다. 다른 의미로 신비주의의 대가인 루미와의 합치를 상징하기도 한다. 이는 신비주의에서 '자신이 아니라 다른 사람이 되는' 소망이 가져온 갈등이 '자아 완성으로, 다른 사람이 되는 것으로' 해소된 것이라 볼 수 있다. 이 '다른 사람이 되고자 하는 바람'은 소설 전반에 걸쳐 중요하게 언급된다. 이렇듯 『검은 책』에서 우리가 특히 주목해야 할 대목은 파묵이 『하얀 성』에서 시도한 바 있는 것처럼 '닮아 가기(impersonation, 권화, 타인 되기)'이다. 동서고금을 막론하고 문학 장르에서 분신은 보편적인 모티프 내지는 주제로 사용되어 왔다. 특히 E. T. A. 호프만, 도스토예프스키, 콘래드, 에드거 앨런 포 등은 인간의 내적 분열을 다룬 분신 모티프를 문학적 표현 수단으로 택한 작가들로 이들의 작품들은 다양한 연구의 주제 및 소재가 되어 왔다. 이미 식상하다고도 할 수 있는 분신 모티프가 여전히 현대 작가들의 작품에서도 왕왕 다루어지고 있는 이유는 무엇일까? 그것은 아마도 이중인격이라고 할 수 있는 분신 모티프가 우리 인간에게 필연적으로 내재되어 있는 상반된 속성, 예컨대 파우스트처럼 선과 악이 갈등하는 이중인격적인 양상을 잘 대변해 주는 상징일 뿐만 아니라, 자의식 문제 혹은 자신과 분열된 자아가 결코 분리될 수 없는 긴밀한 관계를 맺고 있기 때문일 것이다.

이렇듯, 갈립이 아내를 찾는 여정에서 선망의 대상이자 그토록 되고 싶었던 제랄로 변모하는 과정 역시 이 소설의 중요한 또 다른 서사 구조임을 눈여겨보아야 할 것이다. 이러한 이유로 잘레 파를라 교수는 『검은 책』에 관한 글에서 이 소설이 "자신의 정체성을 모색하던 남자가 자신의 쌍둥이를 찾고 그를 죽이는" 서사 방식의 이야기로 해석하기도 한다.

소설에서 홀수 장은 갈립이 뤄야와 제랄을 찾는 여정이며, 짝수 장은 제랄의 칼럼들이다. 독자들이 제랄의 이 칼럼들을 각각 하나의 황홀한 단편으로 읽을 수 있을 거라는 점에 추호도 의심의 여지가 없다. 또한 소설에 파묵으로 추정되는 인물이(소설 속 등장인물은 그 작가가 자신이 아니라고 경고하지만) 등장하기도 한다. 파묵의 문학적 행보와 그의 외모를 아는 독자들은 그 사람이 파묵 자신이라는 것을 즉시 알아챌 것이다.

혹자는 제랄-갈립의 관계를 신비주의에서의 스승과 제자 관계로 읽기도 했으며, 혹자는 『검은 책』이 문학 작품을 매개로 하여 이스탄불을 세계적으로 신비한 도시로 만들었다고 평하기도 했다. 제임스 조이스가 문학을 통해 더블린을 세계적인 도시로 만든 것처럼 말이다. 또한 어떤 이는 이스탄불을 채우는 모든 것이 각각의 신호라는 관점으로 출발한 소설은 이 신호들을 읽게 만들고, 도시를 텍스트화하며 이러한 방법으로 도시를 발견하려 했다고 강조하기도 했다. 누군가는 소설을 백과사전식 소설로 읽고는 이러한 의미에서 『율리시스』와 비교하기도 했다. 또한 우리는 파묵의 소설 대부분에서 볼 수 있는 동양-서양 충돌 혹은 정체성 문제(미국 영화의 터키 유입, 지하 마네킹 제작소 등)가 이 소설에서도 어김없이 다루어지고 있는 것을 발견할 수 있다. 이 정체성 문제는 도저히 자기 자신이 되지 못하고 항상 다른 사람이 되(고자 하)는 사람들의 이야기들로 제랄의 칼럼이 가득 차 있는 것으로도 알 수 있다. 이러한 예는 제1부 제10장 「눈」의 멋들어진, 그 애달프고 장엄한 서술에서 절정에 이른다.

터키 문학 전문가들조차 다양한 층위로 읽고 해석한 이 소설이 한국 독자들에게 어떻게 다가가고 평가될지 자못 기대된다. 한편으로는 쉽게 읽히지 않을 수도 있을 거라는 두려움과 우려도 든다는 것을 고백한다. 위에서 언급한바, 이 소설이 터키 문학사에서도 가장 난해한 작품으로 꼽혀, 터키 평론가들이나 문학 전문가들이 이 작품에 대해 쓴 글이 두꺼운 단행본으로 출간되기도 했으니 말이다.

좋은 소설이란, 최소한 내가 보기에는, 모든 독자에게 각기 다른 맛과 향취를 주는 작품이다. 이러한 의미에서 『검은 책』은 갖가지 반찬이 한 상에 차려진 풍성한 상차림이다. 소설 전체를 좋아할 독자도 있겠고, 단지 어느 한 장을 좋아하여 그 부분만 반복하여 읽는 독자도 있을 것이다.

파묵의 소설들을 여러 편 번역하였고, 다른 작가의 작품들도 번역하였지만, 이 작품은 서둘러 번역을 마치고 싶지 않았다. 나는 십수 년 전 유학 시절 이 책을 처음 접하고, 고어와 현대어를 넘나드는 어휘로 인하여 사전을 끼고 앉아 독파를 하고 나서 필설로 표현할 수 없는 감동을 느꼈다. 이후로 수차례 재독할 때마다 밀려오는 감동은 황홀경 그 자체였다. 이렇듯 해묵은 감정에서 나는, 2006년 여름에 파묵과의 인터뷰에서 "『검은 책』은 당신의 처음이자 마지막 작품이에요."라고 당돌하고 어쩌면 실례가 되는 말을 한 적이 있다. "나의 최고의 작품은 아직 내가 쓰지 않은 작품입니다."라며 농담처럼 받아 넘겨 주어 큰 결례를 면하였으나, 나는 이 작품이 진정 파묵 특유의 만연체와 신비스러운 문체, 멋진 상징과 메타포로 가득 차 있는 최고의 작품이라 생각한다. 더 멋진 작품의 탄생을 기대하는 마음 역시 간절하지만.

번역가로서 자신이 감명 깊게 읽었던 작품을 독자에게 어서 빨리 선보이고 공유하고 싶은 충동에서 번역에 매진하게 마련이다. 그러나 이 작품은 남에게 보여 주지 않고 진귀한 보물처럼 끼고 앉아 홀로 즐기고 싶은 욕심이 발동하는 작품이었다고 고백을 한다면 이해할 독자들이 있을지…….

나는 파묵의 작품들을 번역하면서 여러 차례 그와 만나 이야기를 나눌 수 있는 기회를 가졌다. 이러한 만남을 가질 때마다 나는 가급적이면 파묵과 현재 번역하고 있는 작품에 대해 의견을 나누고, 파묵의 동의하에 인터뷰를 진행했다.

2006년 여름, 『검은 책』을 번역하는 도중 이스탄불 근교 마르마라 해에 자리 잡은 헤이벨리 섬에 있는 파묵의 여름 집필실을 방문했다. 나는 그에게 사전에 이메일을 보내 그에 대한 작가론과 작품론을 집필하고 있음을 알리고, 연구서에 참고하기 위한 인터뷰를 부탁했는데, 집필로 바쁜 와중에도 기꺼이 시간을 허락해 주었다. 작고 아름다운 헤이벨리 섬에 도착하니, 마중을 나와 있던 파묵이 손을 흔들며 웃고 있었다. 매번 만났을 때처럼 무릎까지 오는 반바지에 폴로셔츠를 입은 스포티한 차림이었는데, 육 개월 전에 만났을 때보다 얼굴이 많이 수척해 보였다. 당시 그가 겪고 있던 일들('국가 모독죄'로 기소되어 터키 내 여론들과 대중으로부터 비난과 동정의 대상이 된 적이 있다.)이 떠오르면서, 그로 인한 마음고생이 심했던 듯하여 가슴이 아려 왔다.

도착한 시간이 따가운 햇볕이 누그러진 오후쯤이어서, 우리는 바닷가 근처에 예약해 둔 생선 전문 식당에 자리를 잡고, 서로의 안부부터 시작하여 가벼운 담소를 나누면서 이른 저녁식사를 하였다. 그곳에 앉아 있으니, 파묵의 친구들이 지나가다 인사를 건넸다. 그는 나를 "내 소설의 한국어 번역자이자 친구"라고 소개했다.

파묵이 먼저 『검은 책』의 한국어 번역 작업이 어느 정도 진척되었는지 물었다. 서로의 작업 얘기는 식사 뒤로 미루고 가벼운 대화나 나누자던 파묵이 먼저 그 룰을 깬 셈이었다.

우리는 어느새 그의 문학 세계로의 여정을 시작하였다. 그의 말투는 느리고 문장의 끝을 먹어 버리는 특징이 있다. 스스로도 말솜씨가 없다는 점을 인정하고 인터뷰는 가급적이면 사양하려 하나, 주위에서 그를 놓아둘 리 만무하다. 항상 인터뷰 말미에 가면 그를 정치 얘기로 끌고 가서 곤혹스러운 질문 공세를 펴고, 그는 거기에서 빠져나오려고 애쓰는 때가 많다고 한다. 파묵은 소설가는 대중 앞에서의 연설이나 주장보다는 작품 자체로 평가받아야 한다는 원칙을 고수하며, 정치적 코멘트를 자제해 왔다. 실제로 그는 기소된 이후에 가졌던 2005년《파리 리뷰》가을·겨울호 대담에서, 인터뷰에 대한 일반적 심경을 묻는 질문에 대해 "나는 나에게 별 의미 없이 던지는 질문에 대해서 가끔 바보 같은 답변을 하기 때문에 불안을 느낀다. 영어 인터뷰는 물론이고 내 나라말인 터키어로 하는 대담에서도 마찬가지이다. 나는 터키어 말솜씨도 부족하고, 멍청한 문장을 주절거리기도 한다. 나는 작품 때문이라기보다 인터뷰 때문에 터키 내에서 공격받는 때가 많다. 터키의 정치적 논쟁가나 논설위원들은 소설을 읽지 않는다."라고 대답한 바 있다.

그러나 그와의 대화 속에서 진지함과 지적인 면모, 그리고 촌철살인의 위트를 느낄 수도 있다. 일례로 2006년 4월 25일 국제펜클럽 미국 본부에서 마거릿 애트우드의 주도하에 열린 인터뷰 말미에 "사적인 질문을 하려 하는데 꼭 답변하지 않으셔도 됩니다."라고 그녀가 말하자 파묵은 "좋습니다. 만일 내가 답변을 한다면, 꼭 듣지 않으셔도 됩니다."라는 재치 있는 대답으로 청중을 웃음바다로 만든 일이 있었다고 한다.

식사를 마친 후 마차를 타고 파묵의 집필실로 장소를 옮겼다. 나는 집으로 들어가자마자 그의 서재로 달려가 책상 위에 있는 원고와 책을 들춰 보고 훑어보면서 방 안을 이리저리 두리번거렸다. 최근에 파묵이 어떤 책을 읽고 있고 어떤 글을 쓰고 있는지 무엇보다 궁금했기 때문이다. 파묵은 웃으며 "한국에서 스파이가 다시 오셨군!" 하고 농담을 던졌다.

파묵은 주방으로 들어가 차를 내온 다음 책상 앞에 앉았다. 나는 그와 책상을 사이에 두고 마주 앉아 녹음기와 필기도구를 꺼내 놓았다. 두 시간가량의 대화에서 오갔던 내용의 골자를 추려 보면 다음과 같다.

이난아 『순수 박물관』 집필은 어느 정도 진척되었는지요? 올해 말에 나올 수 있다고 말씀한 적이 있었는데요?

파묵 당초의 계획은 그랬지요. 잘 알겠지만, 지난해와 올해는 내게 아주 힘든 시기였어요. 다른 건 괜찮지만, 그런 일로 소설 집필에 지장을 받는 게 나로서는 가장 큰 손실이지요. 『순수 박물관』은 당초 계획보다 늦어져 내년에나 나올 형편입니다. 지금까지 절반 정도 썼으니.

이난아 지금까지 쓴 분량은 어느 정도 될까요?(항상 작품들의 부피에 압도당해 온 터라, 이 작품을 번역하기로 한 마당에 분량이 자못 궁금했다.)

파묵 현재까지 A4로 400장 정도 쓴 것 같네요.

이난아 절반이 그 정도라고요?

파묵 (웃음을 터뜨리며) 당신은 벌써 그 많은 분량을 어떻게 번역할까 고민스러워하는 표정이군요. 걱정 마세요. 탈고할 때 절반은 버리게 될 테니까. 나를 만날 때마다 그렇게 멋진 소설을 쓸 수 있는 비결이 뭐냐고 늘 채근했지요? 그때마다 난 '직업상의 비밀'이라고 말해 주지 않았고……. 하지만 이제야 말해 준다면, 그건 내가 한 땀 한 땀 각고하며 쓴 것들을 나중에 탈고하면서 과감하게 버리는 것입니다. 그 원고들이 아깝다며 소설 어느 부분엔가 넣으려고 했다간 균형이 깨지고 사족만 많은 작품이 나오게 되지요. 쓰는 것도 중요하지만 버리는 것도 중요한 일입니다.

이난아 『순수 박물관』은 어떤 내용의 소설인가요? 막연히 남녀 간의 사랑 이야기라고만 알고 있습니다만…….

파묵 처음으로 남녀 간의 사랑 이야기를 집약적으로 쓰고 있는 작품이라 할 수 있습니다. 사랑이라고는 했지만, 그건 한 남자의 집착에 가까운 사랑이지요. 『눈』의 집필을 끝낸 후, 2002년부터 지금까지 쓰고 있는 작품입니다. 소설의 사건은 1975년부터 20세기 말까지의 이스탄불을 무대로 전개되고 있어요. 이스탄불 상류층 출신인 남자가 먼 친척인 여자를 집착적으로 사랑하는 내용을 다룬 소설이라고 할 수 있지요. 잠깐 이리로 와 보세요, 보여 줄 게 있으니.

우리는 파묵의 집필실로 통하는 손님방으로 갔다. 그곳에는 작은 캐비닛이 있었다. 파묵은 캐비닛 문을 열었다.

파묵 봐요. 여기 들어 있는 것들은 『순수 박물관』 여주인공이 사용하는 장신구나 물품 들입니다. 이건 그녀가 했던 귀걸이고, 이건 그녀 집에 있던 램프고, 이건 화장품, 이건 거울……. 주인공 남자는 그녀에 대한 집착 때문에 그녀 집을 방문할 때마다 그녀의 물건들을 몰래 훔쳐서 자기 집에 진열해 놓지요.

이난아 이걸 다 직접 모은 건가요?

파묵 그렇습니다. 소설을 쓰면서 골동품 가게를 돌아다니며 모아들인 것들이지요. 소설이 나올 때쯤 소설 이름과 같은 '순수 박물관'이라는 박물관도 개관할 계획입니다. 소설에서 묘사된 물건들을 전시할 예정이지요.

이난아 대단히 흥미롭겠는데요.

소설이 나오기도 전에 등장인물들의 영혼이 깃들어 있는 물건들을 볼 수 있다는 것은, 그 작품의 번역자로서 더할 나위 없는 기쁨이자 행운이었다. 파묵은 자신의 소설에 대한 말만 나오면 눈을 반짝이며, 기꺼이 모든 것을 보여 주고 전부 설명해 주려고 했다. 아니, 전부는 아니었다. 소설의 결말은 언제나 설명에서 빼 놓았으니까. 우리는 다시 책상 앞으로 돌아왔다.

이난아 『내 이름은 빨강』으로 당신은 한국에서 작가로서의 명성이 확고해졌다고 할 수 있습니다. 곧 당신의 다른 소설들도 한국 독자들과 만나게 될 것입니다. 이중 하나는 현재 번역하고 있는 『검은 책』입니다. 솔직히 말하면 이 소설의 번역이 그리 쉽지만은 않는데요, 한국 독자들도 이 소설을 이해하는 게 힘들 수도 있겠다는 생각을 했습니다. 당신의 작품을 좋아하는 한국 독자들에게 당신의 입을 통해 『검은 책』에 대해 한 말씀 해 주었으면 합니다. 만약 한국 독자들이 『내 이름은 빨강』에서 오스만 제국의 세밀화와 세밀화가들의 고뇌를 인상 깊게 읽었다면 『검은 책』에서는 무엇을 기대해야 할까요?

파묵 『검은 책』은 『제브데트 씨와 아들들』, 『고요한 집』, 『하얀 성』 다음으로 쓴 네 번째 소설입니다. 한마디로 말하자면, 이스탄불에서 삶의 격렬함, 색깔 그리고 미로에 적합한 이야기를 찾는 소설이지요. 일종의 이스탄불을 만든 조직(組織)들을 찾아가는 작품이라고 할 수 있어요. 이스탄불에 실재했던 문화의 모든 비밀스럽고 어두운 부분, 혹은 즐거운 조직을 담으려고 했습니다. 한편 이 소설이 우리 가슴에 호소하는 것은 '한 남자가 얼마만큼 여자를 숭배할 수 있는가'입니다. 아주 순수하고 깨끗한 감정으로요. 나는 이 세상에서 변하지 않는 것이 있다면, 그건 바로 인간의 감정일 것이라고 생각합니다. 아무리 세상이 변한다 해도 질투나 사랑은 절대 변하지 않기 때문이지요.

이난아 메블라나 제랄레딘 루미 이야기가 자주 등장하는데요, 아무래도 이 소설을 이해하려면 독자들도 알아야 할 것 같습니다.

파묵 메블라나는 14세기 이란 신비주의 문학의 대가입니다. 신비주의의 관용을 설파하고, 시를 썼으며, 겸손과 이해를 주장했던 인물이지요. 『천일야화』나 『메스네비』는 액자소설이라 할 수 있습니다. 그 안에 수백 가지의 이야기가 담겨 있지요. 나는 현대 이전의 이야기 형식인 이 액자소설을 『검은 책』을 통해 총체적으로 시도하려고 한 것이고요.

이난아 이 소설에도 『하얀 성』, 『새로운 인생』처럼 도플갱어 혹은 권화(權化)라고 할 수 있는 테마가 나오는데요, 왜 이렇게 닮은 사람, 즉 '쌍둥이 테마'를 자주 사용하는지요?

파묵 내가 왜 그 테마를 자주 사용하는지, 솔직히 나 자신도 모르겠습니다. 하지만 어렸을 적 형제간의 질투심은 익히 느껴서 알고 있지요. 어쩌면 그건 다른 사람, 다른 세상을 향한 나의 그리움이라 할 수 있어요. 내가 좋아하는 작가 도스토예프스키도 이 '쌍둥이 테마'를 사용한 적이 있어요. 내 조국의 특징, 혹은 내 영혼에 있는 쌍둥이 같은 정체성을 좋아한다고 말하고 싶군요. 내 소설에는 모두 나와 비슷한 등장인물이 나오죠. 『검은 책』의 갈립, 『내 이름은 빨강』의 카라, 『새로운 인생』의 오스만……. 이들은 나의 도덕적이며 정신적인 면을 대변하기도 합니다. 하지만 이들이 나의 모든 것을 대표하는 것은 아닙니다.

이난아 이 소설에도 여행 테마가 나옵니다. 『새로운 인생』, 『눈』 등 여러 작품에서도 그렇고, 작품에 '여행 테마'를 사용하는 특별한 이유가 있나요?

파묵 내 소설에 등장하는 여행은 '모색으로서의 여행'입니다. 모색은 내 라이프스타일이지요. 나는 현실에서는 '여행'을 하고 책 속에서는 상상의 글을 통해 '모색'을 합니다. 책 속에 존재하는 글은 그 자체가 아름답다고 느끼기 때문입니다.

이난아 나는 당신의 소설 중 『검은 책』이 당신의 처음이자 마지막 소설인 것 같은 느낌이 드는데요……. 번역하면서 『검은 책』이야말로 당신의 다른 모든 작품의 결정체라는 생각이 들었습니다.

파묵 나의 처음이자 마지막 작품이라고요? 의미심장한 말인데요? 그렇다면 내가 『검은 책』보다 더 좋은 작품을 쓸 수 없다는 뜻인가요? 한데 당신은 『내 이름은 빨강』을 번역할 때도 비슷한 말을 했는데, 기억하나요?

이난아 네, 난 당신의 작품을 번역할 때마다 매번 '이 작품이 파묵의 최고 걸작이야.'라고 생각하게 됩니다. 그러고 보니, 나는 거짓말을 자주 하는군요.

파묵 하하하…….

이난아 다른 나라뿐만 아니라, 한국에서도 '오르한 파묵'이란 이름을 널리 알린 작품은 뭐니 뭐니 해도 『내 이름은 빨강』이라고 할 수 있는데요, 이 작품을 탈고한 후 무슨 생각을 했는지요?

파묵 『내 이름은 빨강』 한국어판 서문에 내 생각을 써 보내 주었던 것 같은데요. 영어판, 불어판, 독일어판 등 다른 나라의 번역본에는 한국어판에 있는 작가 서문이 없다는 것, 알고 있지요? 당신의 부탁으로 보낸 글이지만, 사실 그 짧은 글로 내 생각을 다 설명할 수는 없을 테지요. 한 작품에 대한 작가의 생각은 그 작품 전체에 고루 스며 있는 법이니까요. 한 작품을 짧은 글로 요약할 수 있다면, 그렇게 긴 장편소설을 쓸 필요도 없을 테고요. 실은 그래서 누가 무슨무슨 작품에 대해 간단하게 설명해 달라는 질문을 하면 대답하기 아주 곤란합니다.

이난아 그래도 독자들은 작가의 입을 통해 듣고 싶어 한다는 거 이해하겠지요?

파묵 한국 독자들이 그 소설에 대해 많이 알고 있다고 생각하니 『내 이름은 빨강』을 출판사에 넘겨주고, 곧장 해외에 나가는 비행기 안에서 썼던 글을 당신에게 보내 주도록 할게요. 탈고 후의 내 심경이 솔직하게 드러난 글이라고 할 수 있지요.

이난아 당신 책이 각국어로 번역 출간되었는데, 좋은 번역이란 어떠해야 한다고 생각하십니까?

파묵 기본적으로 번역가는 원어와 모국어 두 언어를 모두 잘 알아야 하겠지요. 거기다 창조성까지 갖춘 번역가라면 최상일 겁니다. 목표어의 내적 음악에 이를 수 있는 역량이 있는 번역가라고 할 수 있을 테니까요.

이난아 어떤 작가들에게서 영향을 받았는지요? 그리고 현재는 어떤 책을 읽고 있나요?

파묵 젊었을 때는 도스토예스키, 프루스트, 나보코프 등을 좋아했어요. 난 그들의 성공적인 문학 세계에 존경을 표합니다.

최근에 소설을 집필하면서, 사랑에 관한 프루스트의 글들을 읽었습니다. 가장 최근에 읽었던 소설은 『콜레라 시대의 사랑』이고요. 하지만 현재 집필하고 있는 작품과 관련된 문헌들도 많이 읽고 있지요.

이난아 당신의 창작 스타일에 대해 말씀해 주신다면요?

파묵 모든 일이 그러하듯이 제일 먼저 계획을 세워 놓습니다. 소설을 쓰기 시작할 때 이미 나의 머릿속에는 결말 부분에 대한 계획이 들어 있어요. 하지만 써 내려가다가 누락된 부분이 있으면 다시 앞으로 돌아가서 쓰는 일도 종종 있지요. 예를 들면 『내 이름은 빨강』을 탈고한 후, 출판사에 보내기 전에 내가 아주 믿는 친구에게 읽어 보게 했더니, 에스테르 편을 좀 더 넣으면 작품이 좀 더 생동감이 있을 거란 조언을 해 주더군요. 그래서 에스테르에 더 많은 지면을 할애하게 되었지요.

내 소설의 소재는 내가 본 것, 경험한 것, 신문에서 읽은 것 등도 물론 포함되지만, 가장 중요한 것은 나의 상상력과 내 주변에서 느꼈던 분노입니다. 나 자신에게 만족하면 소설은 계속 깊어지지요. 소설도 음악입니다. 오케스트라가 있는 음악이지요. 지능 게임이라고도 할 수 있고요.

이난아 문학이 인간과 생명과 세계를 구원할 수 있다고 생각하는지요? 어떻게 이바지할 수 있고, 어떤 작용을 한다고 생각하는지도 알고 싶습니다.

파묵 문학이 화염 속 세계를 구할 수는 없는 일입니다. 나는 문학 속에서 심오한 어떤 것과 휴머니즘을 찾고 있습니다. 이 세상에 있는 모든 것은 휴머니즘에 바탕을 두고 있다고 할 수 있습니다. 그리고 그러한 휴머니즘을 받아들이는 것이 바로 문학이지요. 하지만 나는 문학이 세계를 구한다는 문제에 대해서는, 그 실효성에서 보았을 때, 사실 다소 회의적으로 생각하는 편입니다.

이난아 그렇다면 당신은 왜 소설을 씁니까? 소설 쓰는 것을 좋아하기 때문입니까? 아니면 인간, 사회 혹은 세상을 변화시키고 싶다거나, 어떤 영향을 끼치고 싶어서입니까?

파묵 물론 나도 터키 사회, 문화, 정치 문제에 대해 생각하며 삽니다. 정치인뿐 아니라 모든 사람이 생각해야 할 것들이기 때문이지요. 문학은 그 사회에 살고 있는 사람들을 연구하는 예술이라고 할 수 있어요. 문학이 사회를 변화시킬 수도 있지만, 그것이 내가 소설을 쓰는 최종 목표는 아닙니다. 물론 사회적 도덕심이라는 것을 부정하는 것은 아니에요. '도덕적 충동'이 없으면 소설을 쓸 수 없을 테니까요. 하지만 내가 무엇보다도 중요하게 생각하는 것은, 나 자신이 문학을 좋아하기 때문에 그 깊이에 빠지고 싶고, 그 세계에 살고 싶어 한다는 것입니다. 다시 말하건대, 나는 문학의 깊이를 좋아해서 소설을 쓰는 것이지, 인류를 위해 봉사하는 길이라는 생각에 소설을 쓰는 것은 아닙니다. 난 그저 문학을 통해, 또 내가 쓰는 소설을 통해, 인생에 의미를 부여하며 살고 싶을 뿐이지요.

이난아 지난해에 한국을 처음으로 방문했는데, 어떤 인상을 받았는지요?

파묵 한국은 터키와 비슷한 점이 있는 것 같았지만, 많은 것들이 터키보다 더 체계적으로 잘 돌아가고 있다는 인상을 받았어요. 물론 북한 문제가 있긴 하지만, 사람들의 분위기가 편안하고 자유롭다는 느낌도 받았고요. 최근 내가 여러 정치적 문제에 둘러싸여 있어서 그런 느낌이 들었는지 모르겠지만, 한국에 있을 때 참 편하다는 느낌을 받았어요. 콤플렉스가 없어지면 사람은 편해지는 법인가 봅니다. 그리고 한국 산업의 고도성장은 누구나 다 아는 바이지요. 지금 내 손에 들려 있는 휴대전화도 카메라도 모두 한국산입니다. 하하하…….

이난아 행복하신가요, 지금?

파묵 작가로서 행복하냐는 질문이라면 내 대답은 '예스'입니다. 내 삶은 소설과 함께 계속될 테니까요. 하지만 현재 내가 원하는 곳에 있는지는 모르겠습니다. 다만 행복이란 '지금 그리고 현재'를 사는 것이라는 게 내 생각입니다.

이난아 앞으로의 계획은 어떻게 되나요?

파묵 앞으로 이 세상을 마감할 때까지 열 편의 소설을 더 쓸 계획입니다. 몇 편은 이미 구상을 해 두었어요. 하지만 지금은 『순수 박물관』에 집중할 때이지요.

더 많은 질문으로 그에 대해 더 깊이 알아내고 싶은 욕심은 한이 없었고 그의 답변에 미흡하게 느껴진 부분도 다소 있었지만, 글 쓰는 시간을 너무 빼앗지 않아야겠다는 생각에 아쉽지만 인터뷰를 접어야 했다.

청명한 아침이었다. 우리는 다시 마차를 타고 부둣가로 내려왔다. 파묵은 자주 가는 제과점에 들르더니 쿠키와 올리브가 들어간 빵을 골랐다. 우리는 부둣가 카페에 앉아 차를 마시며 서로의 향후 계획에 대해 잠시 이야기를 나누었다. 그는 나를 배웅한

파묵의 여름 집필실이 있는 헤이벨리 섬 부둣가 카페에서 파묵과 필자.

büyük kısmını teşkil eden binaların dibindeki o [illegible] [illegible]
ve, [illegible] [illegible] ve [illegible] [illegible] gibi [illegible] [illegible] [illegible]
ve [illegible] [illegible] gibi bir kenara [illegible] itiliyor.

Galip gazeteyi bir kenara [illegible] yeniden gelen bir aklına uyarak Celal'i görmeye Milliyet gazetesine gitti. [illegible] gazeteye hafta sonlarında [illegible] daha çok gittiğini bildiği için onu odasında tek başına bulacağını [illegible] [illegible]. Yokuşu çıkarken [illegible] [illegible] söylemeyi kuruyordu. Karısı kendisini terk ettiği için [illegible] bir müşterisinin hikâyesini anlatacaktı. [illegible] yolunda, [illegible], [illegible], [illegible] [illegible] [illegible] bir vatandaşımızın [illegible] [illegible] bütün tarihimizin ve geleneklerimizin [illegible] [illegible] [illegible] terk etmişti. Neyin işareti olabilirdi böyle bir şey? Hangi gizli saklı anlamın göstergesi? Hangi kıyametin alameti? Celal anlatmalı, [illegible] anlamlandırmalı. Galip, kendi yaşadığı dünyayı da, [illegible] [illegible] [illegible] dünyayı da [illegible] değil Celal'in anlattığı dünyayı sevdiğini düşündü. [illegible] [illegible] [illegible]

파묵의 장편소설 『검은 책』의 육필 원고.

후 근처에 있는 한적한 카페에 앉아 글을 쓸 거라고 했다. 배를 타러 가는 길에 파묵은 내 손에 무엇인가를 쥐어 주었다. “배 안에서 먹어요.” 종이봉투를 열어 보니 아까 제과점에서 산 쿠키와 빵이 들어 있었다.

배에 올라타는 나를 향해 손을 흔들며 활짝 웃는 얼굴로 파묵이 말했다.

“집필실에 가면 『검은 책』 육필 원고를 몇 장 보내 줄게요.”

당시 내가 『검은 책』을 번역하고 있고 ‘오르한 파묵의 작가론 및 작품론’을 구상 중에 있다는 것을 기억하고, 자료로 쓸 수 있게끔 원고를 챙겨 주는 그의 자상한 마음에 감사할 따름이었다.

6

터키인 고유의 슬픔과 폭력의 심장부로 향하는 여행

『새로운 인생』

"어느 날 한 권의 책을 읽었다.
그리고 나의 인생은 송두리째 바뀌었다."

오르한 파묵은 『새로운 인생』(1994년)을 통해 종말을 향해 질주하는 현대 문명의 광폭한 버스 안에서 텔레비전의 영상에 몰두하느라 상상력을 잃어버린 현대인들에게 기하학적인 경고를 하고 있는 듯하다. 특히 동양의 도덕과 서양의 합리주의, 물질과 정신, 비디오와 문자가 대치하는 경계의 비정함 또는 타협 속에서 신음하는 군상들의 모습을 생동감 있고 감각적인 문체로 표현하고 있다.

파묵은 인생과 소설을 동일시하는 작가이다. 이 작품에서도 역시 자신의 작품 세계에 대한 새로운 모색과 인생의 고뇌를 다층적인 이야기 구조에 자연스럽게 삽입하고 있다. 이렇게 함으로써 독자들에게 더욱더 다양한 소설적 재미와 메시지를 동시에 제공해 주고 있다.

"어느 날 한 권의 책을 읽었다. 그리고 나의 인생은 송두리째 바뀌었다." 생동감 있고 서정적이며 마법적인 소설 『새로운 인생』은 이렇게 시작된다. 읽었던 책에서 깊은 감명을 받고, 책장에서 내뿜는 빛에 모든 인생을 걸고, 책이 언급한 새로운 인생의 뒤를 추적하는 주인공의 이야기가 이 소설의 주요 골격이다. 주인공은 책의 영향으로 사랑에 빠지고, 대학 생활에서 멀어져 터키 방방곡곡을 향해 끝나지 않는 버스 여행을 떠난다. 주인공과 함께 같은 속도로 끌려다니는 독자는, 주인공이 읽은 책이 아니라, 그가 경험하는 것들에 동참하면서 터키인의 고유한 슬픔과 폭력의 심장부에서 자신을 발견하게 될 것이다. 흑백텔레비전이 있는 찻집, 비디오를 시청하는 버스 승객들, 정치적인 음모와 살인, 대리점 조직, 편집증적인 이론들, 시계만큼이나 정확한 스파이들, 사라진 옛날 물건들의 시(詩), 시골 지역의 분노에까지 연장되는 이 경이로운 여행은 파묵이 세계 현대 소설의 가장 독창적인 작가들 중에서 전위에 서 있음을 다시 한 번 확인케 한다. 이 소설은 한편으론 인생, 비유할 데 없는 순간들, 죽음, 글, 사고의 비밀로 열리고 있으며, 다른 한편으로는 어린 시절의 그림 소설, 한번 나타났다 사라지는 천사 그리고 단테와 릴케의 시들로 연결되는 독특함을 지니고 있다.

책을 단지 '재미' 때문에 사서 읽는다는 것은 사치라는 생각이 지배적인 터키에서 파묵의 소설들은 포스트모더니즘적인 난해함과 경이로운 상상력 그리고 영혼에 호소하는 듯한 강력한 이끌림으로 독자에게 다가선다.

세계 문학계의 반응 역시 제3세계 국가 출신의 작가에 대한 평가로 보기 어려운 찬사들로 일관하고 있다. "터키 작가 오르한 파묵, 동양에서 새로운 별이 떠올랐다.《뉴욕 타임스 북 리뷰》, "오르한 파묵은 일류 소설가이다. 현대의 가장 특이한 작가들 중의 한 명, 놀랄 만한 성공."《타임 리터러리 서플먼트》, "유럽과 미국의 문학계와 비평가들이 제3세계 국가 출신의 작가를 이렇게 극찬한 사실은 드물다."《조르날 도 브라질》, "놀랄 만한 재능의 소유자."《뉴 리퍼블릭》…….

이러한 파묵에 대한 평가는 작가 자신의 표현처럼 복수를 하는 것같이 글을 쓰는 어떤 절실함과 "남은 생애를 수도승처럼 방 한구석에서 보낼 수 있다."라고 말하는 소설에 대한 그의 열정이 작품에 반영된 결과일 것이다.

파묵이 다섯 번째로 발표한 소설 『새로운 인생』은 지금까지 터키에서 유례가 없이 많이 팔린 작품이다. 파묵은 그전까지 얼굴조차도 잘 내비치지 않는 작가라는 이미지에서 벗어나 방송이나 잡지에 자주 등장하기 시작했다. 뿐만 아니라 TV와 신문 그리고 잡지를 통해 이 소설에 대한 대대적인 광고가 나오기 시작했다. 이 책이 이렇게 많이 팔린 데는 매스 미디어의 역할도 무시할 수 없다는 의견도 있으며, 그가 이전에 계약했던 출판사와 인연을 끊고 이 작품을 다른 출판사와 계약하면서 거액의 계약금을 받았다는 소문도 취재거리가 될 정도로 유명 인사가 되었다.

『새로운 인생』에서는 이전 소설인 『검은 책』에서 볼 수 있는 복잡한 콜라주 수법이 사라지고 이야기 줄거리가 있는 서술법으로 변한다. 그러나 그가 서술하는 것은 단지 구체적인 삶이 아니라 '이미지들'의 세계이자 실상이며, 이미지들은 다양한 의미로 인용되고 있다.

소설은 1인칭 시점으로 서술되고 있으며, 주인공 오스만이 어떤 '책' 한 권을 읽고 모든 인생이 바뀐다는 고백으로 시작된다. 오스만은 자신의 삶의 목적이 된 이 책의 비밀을 풀기 위해 대학을 중도에 포기하고 길을 떠난다. 작가는 마을에서 마을로, 도시에서 도시로 이어지는 주인공의 끝없는 여행을, 모색을, 모험을 대단히 감각적이고 위트가 넘치는 문체 그리고 미스터리적인 긴박한 스토리로 전개하고 있다. 버스에서 주인공과 함께 같은 속도로 끌려가는 독자는 현란한 소비품들, 서로를 모방하는 위험 신호와 감탄부호로 들끓는 도시들, 잊힌 마을들과 인생들, 퇴색한 알파벳들, 살인자들, 사고들과 죽음 사이에서 오스만과 함께 구태의연한 옛 인생을 뒤로 하고 새로운 인생을 실현시킬 어떤 실마리를 찾을 수 있을지도 모른다.

이 소설의 골격을 이루는 '여행'은 개인과 사회의 모험을 적나라하게 파헤치는 중요한 모티프 역할을 한다. 독자들은 주인공의 여행을 통해 그의 심리 상태와 터키 시골 지역 문화의 가슴 아픈 광경들을 보게 된다. 이 소설에서 여행은 터키 사회 문제를 부각시키는 수단이 되고 있다.

『새로운 인생』에는 두 가지 종류의 여행이 있다. 그중 하나는 주인공이 읽은 책의 세계에서 실현되는 여행, 다른 하나는 버스로 하는 여행이다. 두 번째 여행을 예비한 것은 물론 첫 번째 여행이다. 주인공 오스만은 읽었던 책의 영향으로 끝이 없는 여행에 대한 환상을 꿈꾼다. 새로운 세계에서 새로운 인생을 살 거라는. 사실 이 소설에서 새로운 인생은 한마디로 말하면 '시련'이라 할 수 있다. 오스만 자신의 말을 빌리면 새로운 인생은 '비할 데 없는 순간(교통사고를 당하는 순간)'에 맛볼 수 있는 행복(죽음)이다.

파묵은 독자들을 끌어들이기 위해 언어, 문체 그리고 장소 같은 요소들을 로맨틱한 분위기 속에서 창출하려 했다. 그는 이 세 가지 요소로 이전 세계(이전 인생)와 새로운 세계(새로운 인생)를 상반된 것으로 제시한다. 새로운 세계는 가상일지라도 아름답고 매력적인 것이기 때문이다.

파묵은 은유와 암유적인 문체로 독자들에게 메시지를 전달하고 있다. 『새로운 인생』에서도 여주인공 자난은 '신(神)적인' 동시에 '성(性)적' 존재이며, '천사'는 성(聖)스러운 존재를 의미하는 동시에 캬라멜과 껌을 만드는 회사의 이름으로 사용되기도 한다. 철도원 르프크 아저씨가 쓴 『새로운 인생』은 캬라멜 상표이기도 하고 주인공 오스만이 읽은 책 이름이기도 하다. 이 밖에, 비정할 정도로 천천히 전진하는 기차와 사고를 향해 질주하는 버스들, 문자와 영상들, 도망자와 찰거머리 같은 추적자들……. 이분적 대립 구조와 동시성이 부여된 텍스트는 독자들의 상상력을 자극하는 구조로 설정되어 있다. 또한 이 소설에서는 신비스럽고 환상적인 연상을 불러일으키는 '빛'과 '천사'의 이미지가 계속적으로 묘사된다.

비란바 마을로 잠적해 책을 베껴 팔며 살고 있는 나히트인지, 메흐메트인지, 오스만인지 도저히 판단을 내릴 수 없는 희생자를 추적한 주인공 오스만은 '신세계 극장'에서 영화 「끝없는 밤」을 관람하던 그를 향해 총알 세 발을 발사한 후 "내가 방금 사람을 죽였소."라고 외친다. 이 소설의 클라이맥스인 이 장면에서,

작가는 죽은 자가 누구인지와 죽은 것이 무엇인지에 대해 밝히지 않는다. 나히트, 메흐메트, 오스만, 세 가지 인생 모두를 죽인 것인지, 아니면 영화와 메흐메트, 그리고 저격자인 오스만 자신의 과거에 충격을 가한 것인지는, 이 책의 마지막 장을 덮고 난 후에야 비로소 알 수 있게 될 것이다.

하지만 파묵은 소설에서 주요 모티프를 형성하고, 독자 모두에게 영향을 미치는 '책', 그리고 모두 다 도달하고 싶어 하는 '새로운 인생'이 어떤 의미인지를 한 번도 확실하게 말하지 않는다. 이에 대한 해석과 해결은 독자들에게 맡긴다.

이 소설에서는 터키 근대사 중 가장 다이내믹한 시대를 형성하는 1980년대가 배경이자 작품의 골격을 이루고 있다. 파묵은 이 시대에 있었던 사회 변화를 충분히 묘사하기 위해 1970년대, 1930년대까지 거슬러 올라가 당시의 전형적인 사건이나 문제 들을 다루고 있다. 이로써 작가는 사건들을 독자의 뇌리에 구체화하면서 설득하는 기회를 잡게 된다. 독자들은 이렇게 해서 시간, 장소, 사회 면에서의 변화를 총체적으로 목격하게 된다. 이 소설을 전통적인 서사체로 읽으려고 다가서는 독자들은 처음부터 텍스트와 소통할 수 없을 것이다. 만약 이런 식으로 접근한다면 텍스트 뒤에 숨겨져 있는 많은 실마리를 놓칠 수 있기 때문이다.

파묵의 모든 소설에는 '삶의 의미'를 찾는 인물들이 등장하고 있는데 이는 '진정한 자아를 찾는 길'의 첫걸음인 것이다. 이스탄불이나 터키 전역을 돌아다니는 등장인물들은 자신들의 내면세계에서 '자아' 결국 '삶의 의미'를 찾고 있는 것이다. 파묵 자신도 이에 대해 "그것은 우리 곁에, 어쩌면 먼 곳에 있을지도 모른다.

사람에 따라 다르겠지만 직감으로 찾을 수 있는 것이라 생각한다."라고 말한 바가 있다. 파묵은 독자들이 텍스트 속에 있는 실마리를 추적하고 그 의미 찾기를 기대하며 이 소설 속에 특별한 장치를 숨겨 놓았던 것이다.

파묵은 자신도 언급했던 것처럼 '사회성이 있는 사람'이 아니다. 그에 의하면 인생은 머리를 혼란케 하는 카오스이며, 자신이 소설을 쓰게 된 원인은 인생에 대한 불만족에서 비롯되었다고 말한다.

파묵은 자신이 소설을 쓰는 데 영향을 받은 작가들은 무척 많지만 특히 탄프나르, 케말 타히르 그리고 터키 현대 소설의 초석이라고 할 수 있는 오우즈 아타이의 영향이 지대했다고 고백하고 있다. 이들 작가들은 뚜렷한 역사 의식을 작품들에 담고 있으며, 파묵은 그의 작품에서 역사와 심오한 사상 위에 서정적인 분위기를 덧칠하는 탁월한 기법을 구사한다. 그의 작품에서 물론 이들의 영향을 찾아볼 수 있지만, 근본적으로 그가 역사를 배경으로 소설을 쓰는 이유는 그 자신이 역사에 대해 지대한 관심을 가지고 있기 때문이라고 고백한 적이 있다. 즉 "역사는 내게 순수하고 순결한 상상력을 부여해 준다."라고 하는.

파묵은 인물들을 세부적으로 묘사하지 않는다. 예를 들면 엄청난 분량의 장편소설이라도 단지 키가 크고 안경을 썼다는 정도로 묘사는 끝난다. 인물의 외부적인 묘사보다는 내면 묘사나 심층 분석에 더 치중하고자 하는 의도라 한다. 작중 인물의 외적인 묘사를 남김없이 할 경우 독자들의 상상력을 제한할 수 있다는 생각에서 비롯된 것이다. 이 또한 파묵 소설의 간과할 수 없는 특징이다.

소설을 쓰는 것은 사회 문제에 대한 해결책을 찾기 위해서가 아니라, 자기 자신을 위해 쓰는 것이라고 항상 강조해 온 파묵은 자신이 시도하는 새로운 소설 형태로 항상 독자들의 감응을 숙고하고 있다. 그는 '독자의 영혼에 어떠한 영향을 미치고, 그들의 마음을 어떻게 빼앗을 수 있을 것인가?'라는 것을 계산하면서 소설을 구성한다고 말하고 있다. 사실 그는 거의 모든 소설을 건축가처럼 치밀하게 설계한다. 텍스트들은 독자들에게 해결의 방법을 제시함에 있어 은유나 상징으로 메시지를 전달하려고 한다. 그렇기 때문에 포스트모던 시대 독자들은 그의 책을 쉽게 읽어 나갈 수 없으며, 상상력을 총동원해 가며 추적해야 한다.

파묵의 소설은 쉽게 읽을 수 있는 소설이 아니다. 그의 작품이 지닌 의미를 이해하고자 한다면 독자는 특별한 노력을 하면서 접근해야 한다. 그의 작품에 접근하기 위해서는 어느 정도 역사의식을 가지고 있어야 하며 작가의 가공적 세계를 퍼즐을 풀듯이 추측할 수 있어야 한다. 그는 "문학은 신성하며, 텍스트는 외부 세계를 나타낼 뿐만 아니라 우리 내부의 감춰진 부분들이나 풍부한 요소들을 내포하고 있습니다."라고 언급하고 있는데, 이는 그가 예술을 일종의 종교처럼 신성하게 여기고 있다는 것을 의미한다.

문학은 어떠한 형태로든지 사회 참여를 하고 있다. 이는 어느 작가도 사회 구성의 일원으로서의 활동으로부터 격리될 수 없기 때문이다. 파묵 또한 사회 참여적인 소설관을 가지고 있다. "강력하게 주장하지는 않지만 나는 나 자신을 좌익이라고 생각하고 있습니다. (중략) 내가 알고 있는 좌익주의라는 의미는 사회를 비판하는 것입니다. 좌익주의는 모든 역사를 비판적인 시각으로 보는 것입니다." 이는 그가 역사의식을 가지고 텍스트를 쓴다는 것과 역사에 대한 냉철한 탐색과 분석을 한다는 것을 의미한다.

포스트모더니즘은 특징적으로 행위와 참여를 중요시한다. 이러한 현상은 물론 문학에서도 예외는 아니다. 파묵은 그의 작품을 통해 독자들로 하여금 그와 함께 '글쓰기' 행위에 창조적으로 참여할 것을 기대하고 있다. 특히 『새로운 인생』은 이러한 현상을 보여 주는 좋은 예에 해당된다. 그는 이 작품에서 이야기를 잠시 멈춘 채 독자들에게 질문을 던진다.

> 예를 들어, 천사에 대해 처음 언급했던 장면의 색깔을 지금 기억할 수 있는가? 또는 『철도의 영웅들』이라는 작품에서 르프크 아저씨가 회사 이름들을 열거하는 것이 『새로운 인생』에 어떤 영감을 주었는지 즉시 말할 수 있는가? 내가 극장에서 메흐메트를 총으로 쏘았을 때, 그가 자난을 생각하고 있었다는 것을 내가 어떻게 알아챘는지 알고 있는가?

독자들로부터 무엇을 기대하고 있는지를, 실마리들을 놓치지 않아야 한다는 것을 허심탄회하게, 텍스트들을 주의해서 읽기를 원하는 바람을 독자에게 말하고 있는 것이다. 이는 그가 모더니즘과 포스트모더니즘 소설들을 잘 알고 있고, 그가 알고 있는 것들을 학자 같은 섬세함으로 소설에 적용하고 있다는 증거이다.

파묵은 모더니즘의 장점(상징의 설정, 서술 기법)과 포스트모더니즘을 잘 활용하고, 복잡하게 보일지 모르는 구조를 시도하면서, 의식적으로 모호하고 신비스러운 언어와 문체를 사용하여 독자들을 놀라게 하며 그들을 미로의 세계로 끌어들이는 소설가이다. 그는 서구 소설에서 20세기 초반에 활동한 제임스 조이스, 윌리엄 포크너, 버지니아 울프 그리고 프란츠 카프카 같은 아방가르드 작가들의 모더니즘 소설 견해에 영향을 받았지만 그의 모더니즘 소설 이해를 더욱더 강하게 뒷받침해 준 원천은 물론 터키의 모더니스트 작가들이다.

파묵은 기존 소설의 틀을 의도적으로 해체하는 실험 소설(메타픽션)을 써 왔다. 평론가 일디즈 에제비트는 『오르한 파묵 읽기』라는 책에서 "오르한 파묵의 소설에서는 터키 사회의 주요 문제가 중요한 모티프를 형성한다. 지정학적인 면에서 두 문화 사이에 끼인 터키 사회의 민족적 정체성 문제, 즉 오스만 제국의 서구화 산고, 국제 이해관계의 틈바구니에서 현대 터키에서 나타나는 정체성 문제까지도 그의 소설에서 나타나고 있다. (중략) 그의 소설은 비판 의식의 체를 걸러 나온 텍스트들이다. '개인'이 집약적으로 표현된 그의 소설에서 비판적인 서술이 가장 많이 등장하는 부분은 사회적 내용의 서술 부분이다."라고 언급하고 있다. 파묵은 자신이 살고 있는 사회를 예리하게 해부하고 있으며 이런 의미에서 그의 모든 소설은 시대 소설이라고 할 수 있겠다.

파묵의 소설 대부분은 환상적이고 유희적이면서도 동시에 현실적이고 역사적이다. 그의 소설을 읽으면, 그가 소설 기법 그리고 소설 형식 문제들에 대해 고민하며, 서구의 선구자적인 작가들과 이론가들의 책을 읽고 이에 영향을 받아 터키 고유의 요소들도 소설 짜임새 안에 가미해 혼합하려고 노력한 흔적들이 보인다.

우리는 파묵이 감수성이 예민하고 자기 성찰적인 지성의 소유자라는 것을 그의 작품을 통해 알 수 있다. 소설에서 나타나는 내면 지향적인 태도와 심층 의미의 탐색은 그의 진지한 작가 의식을 드러내고 있다고 할 수 있다. 따라서 이 소설을 읽는 독자에게는, 주인공과 함께한 여행으로부터 진정한 자아를 찾고자 하는 절실함과 열정으로 모든 메시지를 이해하려는 진지함, 그리고 자신의 새로운 인생을 실현할 실마리를 찾으려는 집요함이 요구될 것이다.

7

변화, 죽음 혹은 신의 색

『내 이름은 빨강』

"저는 그저 한 그루의 나무이기보다는
어떤 의미가 되고 싶습니다."

"나는 지금 우물 바닥에 시체로 누워 있다. 마지막 숨을 쉰 지도 오래되었고 심장은 벌써 멈춰 버렸다. 그러나 나를 죽인 그 비열한 살인자 말고는 내게 무슨 일이 일어났는지 아무도 모른다." 오르한 파묵의 역작 『내 이름은 빨강』(1998년)은 이렇게 시체의 독백으로 시작된다.

터키에서 출간 후 45일 만에 11만 부라는 경이적인 판매 기록을 세우고, 터키 문학사에서 가장 많이 읽힐 작품으로 평가받는 소설 『내 이름은 빨강』은 한국어판 번역 작업이 이루어지는 동안에도 유럽 유수의 문학상을 연이어 차지하고 있었다. 프랑스에서는 그해에 프랑스에서 출간된 외국 문학 가운데 최고의 작품에 수여하는 '2002년 최우수 외국어 문학상'을 살만 루슈디, 귄터 그라스에 이어 수상했고, 이탈리아에서도 이탈리아어로 번역 출판된 외국 소설 가운데 최고의 작품에 수여하며, 주제 사라마구, 도리스 레싱, 다니엘 페낙 등 역대 수상자를 냈던 그린차네 카보우르 상을 수상했다. 그리고 2003년에는 밀란 쿤데라, 이사벨 아옌데, 존 업다이크 등에 이어 인터내셔널 임팩 더블린 문학상을 수상했다. 이 소식을 접했을 때 나는 우리 독자들에게도 그만큼의 평가를 받을 수 있는 번역이 되어야 한다는 중압감에 시달렸던 것이 사실이다.

이 작품에 대해 외신들은 앞다투어 "오스만 제국 예술가들의 치열한 삶과 사랑을 놀라울 만큼 생생하고 정밀하게 재현해 낸 이 시대의 고전"(미국《로스앤젤레스 타임스》), "현기증이 일 정도로 아름답고, 경이로울 정도로 다채로운 세계 문학의 진수"(독일《프랑크푸르터 알게마이네 차이퉁》), "문학적 묘미와 읽는 재미를 결합시킨 완벽한 소설"(영국《데일리 텔레그래프》), "『내 이름은 빨강』은 현대의 가장 독특한 작가 중 하나이자 최고의 소설가 파묵의 기억할 만한 성공작이다."(미국《타임스》), "이야기 형식으로 그려 낸 한 폭의 세밀화, 그 속에 재현된 16세기 말의 이스탄불은 손에 잡힐 듯 생생하다."(미국《퍼블리셔스 위클리》), "이슬람 미술의 꽃인 세밀화를 소재로 예술의 진정성과 독창성에 대한 심오한 통찰력을 보여 주고 있다."(미국《시카고 트리뷴》)라고 평가했다. 국내에서는 소설가 김영하가 "궁정 화가들의 욕망과 질투, 예술과 광신, 모방과 창조에 관한 풍부한 일화로 가득 찬 일급의 소설"(《중앙일보》), 고려대 국어교육과 이남호 교수가 "내가 읽은 21세기 소설 가운데서 가장 탁월한 작품이다."(《조선일보》)라고 평한 바 있다.

파묵은 이 책에 대해 "나의 모든 소설 중에서 가장 색채감 있고 가장 긍정적인 소설"이라고 말한다. 『내 이름은 빨강』은 먼저, 페르시아를 위시하여 다른 이슬람 국가의 회화 전통과 비교하여 터키의 세밀화가 가장 혁신적인 시도를 했다는 것을 강조하고 있다. 페르시아의 회화 전통과는 달리, 터키의 세밀화는 일상생활을 사실적이고 경쾌하게 묘사하고 있다. 따라서 오르한 파묵이 『기예의 서』나 『축제의 서』를 제작한 실제 인물인 궁정 화원장 오스만과 술탄 무라트 3세(재위 1574년~1595년)의 시기, 그러니까 터키 세밀화의 황금기를 소설의 시간적 배경으로 택한 것은 우연이 아니다. 일례로 『축제의 서』에는 다른 이슬람 회화 전통에서 볼 수 없는 '근대성'이 발견된다. 오스만 제국 시대의 모든 길드들, 다양한 직업에 종사하는 사람들, 귀족들, 축제 장면들과 함께 고유의 의상, 문화, 다소 과장되게 표현된 면도 있지만 오락 문화까지 생동감 있게 묘사되고 있는 것이다.

『내 이름은 빨강』은 1591년, 눈 내리는 이스탄불 외곽의 버려진 우물 속에서 시작된다. 우물 바닥에 죽어 누워 있는 세밀화가 엘레강스는 어떻게 해서 자신이 나흘 전에 살해당해 우물 바닥에 던져졌는지를 이야기한다. 오스만 제국의 궁정 화원 소속 금박 세공사 엘레강스의 말은, 마치 잔잔한 호수에 돌멩이를 하나 던진 것처럼 사방으로 동그라미를 그리며 퍼져 나가는 파문을 일으키며 작품의 발단을 이룬다.

이 작품의 여주인공이자 이스탄불 최고의 미인인 셰큐레는 페르시아와의 전쟁터에서 사 년째 돌아오지 않는 남편을 기다리며 개구쟁이 두 아들과 친정아버지 집에서 살고 있다. 새 남편으로 적당한 사람을 찾기 위해 그녀는 아버지를 방문하는 궁정 화

16세기에 제작된 『축제의 서』 중 일부.

원 소속 세밀화가들을 몰래 숨어서 훔쳐본다.

'에니시테'라고 불리는 셰큐레의 아버지는 수년 전, 베네치아의 궁전과 귀족의 저택에서 보았던 초상화의 매력에 푹 빠져 있었고, 유럽의 화풍을 도입한 삽화가 들어간 책을 제작하게 해 달라고 술탄을 설득한다. 술탄으로부터 헤지라 천 년 되는 해를 기념하여 술탄과 술탄의 세계를 서양 화풍으로 그린 책을 비밀리에 제작하라는 명을 받고 궁정 화원에서 가장 기예가 뛰어난 장인들을 선발해 이 밀서(密書) 제작에 참여시킨다. 그리고 이 과정에서 세밀화가들은 에니시테를 통해 점차 서양 미술의 영향을 받게 되고, 이것은 그들 사이에 커다란 갈등과 불안을 가져온다. 전통적인 화풍을 고수하는 것과 새로운 화풍을 받아들이는 것, 신성 모독적인 것과 예술적인 것 사이의 격렬한 논쟁은 결국 세밀화가들의 희생을 불러오고, 서양 화풍의 적극적인 도입을 지지했던 에니시테조차 살해당함으로써, 이야기는 점점 더 피투성이로 변해 간다. 술탄은 이러한 살인 사건이 자신을 향한 도전이라 여기고 궁정 화원장인 오스만과 에니시테의 조카인 카라에게 사흘 안에 살인범을 찾아내도록 명한다.

등장하는 인물들이 저마다 자신의 언어로 말을 하고, 죽은 자, 개, 나무, 금화, 죽음조차 제 목소리를 내는 『내 이름은 빨강』은 예술과 사랑, 결혼 그리고 행복에 관한 소설인 동시에 잊힌 터키 전통 회화의 아름다움에 호소하는 애가라 할 수 있다. 이와 함께 『내 이름은 빨강』은 역사소설이며 추리소설이자 생물과 무생물 등이 모두 자신의 목소리로 말하는 동화적 요소로 쓰인 포스트모던 소설이다.

이 소설은 터키의 전통 화풍인 세밀화에 대한 전문 지식과 세밀화의 역사 지식을 바탕에 깔고, 오스만 시대에 실존한 세밀화가들의 예술가로서의 장인정신과 고뇌를 묘사하고, 이와 대치되는 베네치아 회화라는 새로운 화풍과 전통 화풍 속에서 갈등하는 예술가의 모습을 배치하면서 세밀화가의 살인 사건의 비밀을 밝혀 가는 추리 기법을 채용하고 있다. 다른 한편으로는, 절세미인 셰큐레를 어릴 적부터 사랑해 온 카라, 그녀를 향해 끈질기고 맹목적인 연정을 품고 있는 시동생 하산, 그리고 자신의 딸을 너무나 사랑한 나머지 늘 곁에 두고 싶어 하는 아버지 에니시테 사이의 복잡하고도 미묘한 심리가 섬세하게 묘사된 러브 스토리다. 그러나 무엇보다도 이 작품은 시대적, 정치적 변화 속에서 갈등하고 번민하며 자신의 정체성을 찾아가며 장인정신을 구현하는 예술가들에 관한 소설이다.

파묵의 소설관은 회화와 직접적으로 관련되어 있다. 파묵은 노벨 문학상 수상 이후 한국 언론과의 인터뷰에서 "당신에게 있어 문학은 무엇입니까?"라는 질문에 "내게 있어 소설은 단지 이야기가 아닙니다. 삶에 대한 깊은 성찰이 있어야 하지요. 나에게 문학이라고 하는 것은 삶과 세상을 단어들로 '보는' 것입니다. (중략) 나는 세상을 그림으로 이해하는 작가입니다. 내가 『이스탄불』이라는 책에서 설명했듯이 일곱 살에서 스물두 살까지 나는 화가가 되고 싶었습니다. 내게는 시각적인 관점과 기억이 있지요. 어떤 사건과 장면을 설명할 때 '그림'처럼 묘사하기를 좋아합니다."라고 말하며 자신의 문학 세계와 그림은 떼려야 뗄 수 없는 불가분의 관계임을 시사한 바 있다.

『내 이름은 빨강』에서 파묵은 서술적 상상력을 통해 회화를 재현하고 있다. 예컨대, 소설의 전체적인 구도의 회화화, 미술사, 화파, 기법, 그리고 화가와 그들의 작품들을 소개하면서, 작품 속 어떤 장면은 과거에 존재하는 그림의 장면으로 대치하거나, 소설 속 어느 단락 혹은 장면은 삽화로 대치될 수 있게끔 세밀하게 묘사한다. 또한 소설의 발단이 된 살인 사건의 범인을 찾아내는 가장 중요한 줄거리조차 그림의 고고학적 추적에 의해서 단서를 포착하여 범인을 밝히는 형식 등의 작법을 구현하고 있다. 더불어 파묵은 소설에서 미술사적으로 중요한 미술 장르에 관한 지식들을 언급하고, 예술가의 삶과 창작 과정을 함께 다루면서 회화와 문학의 경계 허물기라는 실험적 글쓰기를 시도하고 있다. 여기에서 실험적 글쓰기란, 소설 속 각각의 이야기들이 넓은 화폭 위에 정교하고 섬세하게 그려진 오브제들을 연상시키는 것에 다름 아니며, 결국 서사를 통해 이슬람 문화의 꽃인 세밀화를 복원해 내는 데 성공했다.

문학의 역할 중 하나가 사회의 관념을 반영하고 또한 그러한 관념들을 수립하는 것이라면, 터키에서 동서양 문제가 현재까지도 많은 작가들의 주요 담론이 되고 있는 것은 어쩌면 당연한지도 모른다. 왜냐하면 동서양 문제는 터키에서 서구화가 시작된 이래 사회 전반에 걸쳐 가장 중대한 문제가 되어 왔기 때문이다. 이질적인 두 대륙인 유럽과 아시아 사이에 자리한 터키의 문화적 정체성은 독특한 지정학적 위치의 영향을 끊임없이 받아 왔다. 이것은 동양과 서양의 대비를 통해 터키의 정체성을 탐구하고자 하는 파묵의 작품을 이해하는 데 중요한 실마리가 된다. 서로 다른 두 문화의 경계에 위치한 국가로서 양대 문화로부터 터키 현실에 맞는 화합의 지점을 모색하는 것은 결코 간단한 일이 아니다. 터키 현대 소설가들 중 파묵이 부단히 동서양 문제를 모티프로 한 작품을 쓰는 이유도 터키의 이러한 현실을 반영한 것이라 할 수 있다.

이 소설에서 동서양 문제는 회화 세계를 통해 표출된다. 원근법을 사용하여 사실적으로 대상을 재현하는 서양의 화가들이 인간 중심의 세계를 추구한다면, 높은 곳에서 아래를 내려다보는 것처럼 대상을 평면적이고 투시적으로 묘사하는 페르시아의 옛 대가들은 신의 관점에서 세상을 바라보고자 한다. 이 둘 사이의 대립은 수백 년간 이어져 온 이슬람 회화의 전통이 쇠퇴기로 접어들었다는 비애스러운 인식을 반영한다.

하지만 수많은 비평가들이 유독 파묵의 문학에 주목하는 이유는 그가 여타의 작가들처럼 동서양에 관한 전통적인 공식, 즉 정신적 가치를 중시하는 동양과 물질적 가치를 중시하는 서양의 대립이라든가, 서구화는 곧 부도덕화라는 고정관념에 사로잡히지 않고 당대의 현실을 반영하는 새로운 모색을 하고 있기 때문이다. 그는 터키의 역사나 일상의 삶을 토대로 동서양 문제를 밀도 있게 다루는 동시에 독자들이 텍스트를 통해 지적 호기심을 만족시킬 수 있도록, 형식과 구성 면에서 다양한 형태의 실험을 시도하고 있다.

파묵은 소설을 발표할 때마다 새로운 형식과 기법을 선보여 왔다. 그는 기존 소설의 틀을 의도적으로 해체하는 동시에 자신이 기존에 선보인 소설 형식이나 기법을 자신의 다른 소설에 똑

같이 사용하지 않기 위해 부단히 고민해 왔다. 이러한 그의 고민은 서구의 포스트모더니즘 이론과 맞닿아 있다. 그는 자신의 작품에 포스트모더니즘의 여러 기법을 적용시켜 소설 자체의 다양성을 가능하게 하고 소설의 외연을 넓혀 왔다. 마치 실험실에서 새로운 원리의 실험에 성공한 후 실험실 밖으로 나와 공장에서 신제품을 완성해 소비자에게 만족을 주는 엔지니어와 같은 역할을 해 온 것이다. 그의 작품들에서 포스트모더니즘의 여러 기법이 총망라되어 실용화된 용례를 숱하게 끄집어낼 수 있다. 이런 점에서 그의 작품들은 포스트모더니즘 기법의 실험실, 무기 창고의 역할을 하고 있다고 할 수 있다. 파묵의 작품을 좀 더 꼼꼼히 살펴보면, 그가 소설을 쓰며 시도해 온 다양한 실험은 기존에 발표된 포스트모더니즘 기법들을 넘어서서 그만의 고유한 기법을 창안하는 데까지 이르렀음을 알 수 있다. 그러한 고유한 기법을 자신의 작품에 성공적으로 반영했다는 점에서 그의 문학적 능력이 높이 평가되는 것이다.

파묵은 2008년 방한했을 때 "『내 이름은 빨강』에는 전통과 현대가 어떻게 합치되는가, 과거의 사고와 믿음의 방식에 대한 묘사, 그림 그리는 것과 그림에 대한 사고와 그 영향의 중요성 같은 것이 묘사되어 있다. 물론 이 소설에는 동화 같은 요소도 있고 사실적인 면도 있고, 전통과 현실을 접목시키는 문제, 그리고 전통을 상실한다는 아픔도 있다."라고 단적으로 말한 바 있다.

이 소설을 문학 기법 면에서 볼 경우 가장 눈에 띄는 것은 화법이라고 할 수 있다. 매혹적인 여인 세큐레, 그녀를 사랑하는 카라 등 주요 등장인물은 물론이거니와 제목에도 나오듯 빨강, 죽은 사람, 나무 등도 하나의 챕터를 도맡아 이야기를 이끌어 간다. 각 등장인물의 독백은 터키의 이야기꾼 전통에 닿아 있다. 하지만 『내 이름은 빨강』의 진정한 화자는 단 한 명, 그러니까 독자들에게 이야기를 들려주는 작가뿐이다. 포크너는 거울 속의 독백으로 끝났지만, 파묵은 청자를 전제로 각 등장인물을 차례로 무대에 올려 나름대로의 이야기를 하도록 이끈다. 이 소설은 독자의 존재를 소설 속으로 끌어들이는 묘한 느낌을 준다. 마치 무대와 객석의 보이지 않는 경계를 부수기 위해 관객을 무대 속으로 데려오는 실험극을 닮았다. 『내 이름은 빨강』은 이야기꾼이 이야기를 들려주는 방식과 서구의 추리소설을 결합시킨 형식의 화법을 보여 준다. 추리소설 형식을 띄고 있지만 동서양의 다리라는 이스탄불이 배경이 되었기 때문에 전혀 어색하지 않다. 말하자면 터키 소설가만이 쓸 수 있는 주제를 터키 소설가만이 쓸 수 있는 방식으로 다뤘다는 것이다.

문학은 창조성이 생명이기 때문에 현대 작가들은 전통적인 소설 기법에서 탈피하여 서사, 구조, 모티프 그리고 형태 면에서 새롭고 다양한 시도를 하고 있다. 미학적인 면에서의 이러한 새로운 시도는 포스트모더니즘 시대의 다양한 예술 분야에서 장르 간 해체나 크로스오버와 같은 형태로 나타나고 있다.

파묵 역시 『내 이름은 빨강』에서 포스트모더니즘적인 글쓰기로 16세기 세밀화에 얽힌 이야기를 복원해 내는 실험을 하고 있다. 이 작품은 소설이라기보다는 문자로 그려진 하나의 미술 작품이라는 느낌, 세밀화로 그려진 한 폭의 대형 그림을 작가가 수많은 퍼즐 조각으로 해체하여 그 많은 조각들을 독자들로 하여금 하나씩 맞추어 그림을 완성하게 하는 퍼즐 놀이 같은 인상을 남긴다. 이러한 측면에서 『내 이름은 빨강』은 소설적 상상력을 통한 '회화의 재현'으로 해석할 만한 근거가 있으며, 이로서 문학과 회화의 경계를 넘나들었다고 할 수 있다. 우리가 이 작품에 가치를 부여하는 것은 이러한 점에서 이전의 작품들과는 다른 새로운 모습을 보여 주기 때문일 것이다.

아래의 글은 파묵이 『내 이름은 빨강』을 탈고하고 출판사에 넘긴 후 뉴욕으로 가는 비행기 안에서 쓴 짧은 단상이다. 당시까지 세계 어디에서도 발표되지 않은 글이지만, 한국 독자들과 공유하고 싶은 바람으로 특별히 나에게 보내 주었다.(2006년 여름, 헤이벨리 섬에서 인터뷰 도중 했던 약속을 지킨 것이다.) 그가 이 작품을 쓰면서 느꼈던 감정, 집필 후의 심경이 진솔하게 드러나고 있다.

『내 이름은 빨강』의 초고를 읽고 또 읽고, 수천 개의 쉼표를 하나하나 찍어 가며, 마지막 손질을 끝내고 출판사에 '양도한 후' 나의 심정이 어떠했냐고요? 극도로 피곤했지만 흡족하고 안온한 마음이었습니다……. 작품을 끝낸 마당이었으니까요. 고등학교에서 시험을 마친 후, 혹은 군 복무를 마친 후 느끼는 만족감과 후련함 같은 것이랄까요.

베이올루로 나갔습니다. 와코 백화점에 들러 고급 셔츠 두 장을 사고, 닭고기 되네르를 먹고, 진열장 속의 상품들을 구경했습니다. 이틀 동안 집 정리를 하기도 하고 낮잠을 자기도 했습니다.

이 소설에, 내가 했던 이 작업에, 책을 내는 이 일에 그렇게 많은 세월을 투자했다는 것, 특히 종교적이며 신비적인 부분에 몰두하여 최근 육 개월 동안 미친 듯이 작품에 매달린 나 자신에게 아주 만족합니다. 몇 년을 공들였으나 성공적이지 못했던 시도들, 속수무책인 것들도 있었습니다. 별로 마음에 들지 않는 부분들은 탈고를 앞둔 이 개월 전에 무자비하게 '다 잘라내 버렸습니다!' 이제는 나의 소설이 얼개가 꼼꼼히 잘 잡혀 있고, 질서가 정연하게 서 있고, 가독성이 높아진 작품으로 다듬어졌다는 확신이 섰습니다.

그렇다면 이 소설에 내 영혼과 나 자신에게서 나온 것들이 고스란히 담겨 있을까요? 내 삶에서 나온 것들은 많았으나, 영혼에서 나온 것은 별로 많지 않은 듯합니다. 일례로 내 어린 시절의 여러 세세한 것들, 어머니, 형 셰브케트, 그와 나 사이에 있었던 다툼들, 그 끝없이 계속된 싸움들을 소설 속에 사랑스러운 형태로 집어넣었습니다. 하지만 내가 어린 시절 호되게 맞았던 매, 그리움, 분노의 깊이를 이 작품에 담지는 못했습니다. 왜냐하면 『내 이름은 빨강』의 미학은 낙관, 관용, 그리고 톨스토이와 플로베르에게 각각 빚진 균형과 섬세함을 유지함에 있었기 때문입니다. 이는 처음부터 일관된 생각이었습니다. 그럼에도 불구하고 이 소설에는 인생의 매정함, 거칢, 무질서에 대한 나의 근본적인 생각도 반영되어 있습니다. 이 소설이 '정전(正典)'이 되기를, 모든 나라 사람들이 읽기를, 모든 독자들이 자기 자신을 찾아낼 수 있고 역사의 가혹함과 사라진 옛 세계의 아름다움을 강렬하게 느낄 수 있는 작품이 되기를 바랐습니다.

소설을 탈고해 놓고, 이 소설이 '추리소설 구성'이자 미스터리 이야기가 되어 버린 것이 억지스럽고 쓸데없는 짓이 되어 버린 것이 아닌가도 고민했습니다. 하지만 이미 엎지른 물이었습니다. 나의 사랑하는 세밀화가들에 대해서 사람들이 그다지 관심이 없을 것으로 여겼기에, 그런 구성을 첨가해야만 관심을 모을 수 있을 거라고 생각했던 것이지요. 이 허구(이슬람과 금기 예술이라는 주제)가 세밀화가들의 세계, 논리 그리고 그들의 예민한 작업에 가한 일종의 공격이 되었지요. 한편, 이슬람이라는 종교의 교리가 예술과 인간 자체를 진심으로 심오한 형태의 예술로(창작으로) 표현하는 것을 관용하지 못한 부분이 있었기에, 이 점을 현대 독자들 앞에서 그냥 넘겨 버릴 수는 없었습니다. 이렇게 해서 소설을 더욱 쉽게 읽히고 매력적이게 만드는 추리적, 정치적 논리를, 가련한 나의 세밀화가들의 슬픈 삶에 억지로 집어넣었던 거지요. 이 점에서 세밀화가들에게 진심으로 사죄를 드리는 바입니다.

하지만 소설을 써 내려갈수록, 내가 그들을 얼마나 사랑했으며 그들이 흘린 그 많은 땀이 역사의 쓰레기통과 망각 속으로 던져지는 것에 대해 내가 얼마나 슬퍼했는지를, 이 사랑스럽고도 질투 많은 창작자들이(그렇지요, 예술가들이지요, 그럼요, 그렇고말고요, 장인들이지요.) 나를 이해하고 너그럽게 봐주리라 생각하게 되었습니다.

『내 이름은 빨강』에 나의 모든 땀과 열정 그리고 내 인생의 많은 것을 녹여 내면서 이 작품이 모든 나라 사람들에게 호소하는 '정전'이 되기를 바랐습니다. 내가 만약, 그 일에 성공했다는 확신이 들었다는 거만한 말을 한다면 나 자신을 너무 과신하는 셈이 될까요? 나의 허약함, 추잡스러움, 무자비함, 가련함을 작품 자체나 언어, 구조에서가 아니라, 주인공들의 삶과 이야기에서 볼 수 있을 것입니다. 소설은 모든 사람들에게 낙관적인 형태로 열려 있고, 세상을 질책하기보다는 인정하며, 의심하기보다는 삶의 경이로움에 동참하라고 호소합니다. 많은 사람들이 이 소설을 사랑할 거라고 믿습니다. 또한 작가의 이 얼간이 같은 낙관적인 마음도 이 작품이 사랑받는 데 충분한 이유가 될 거라고 생각하기도 합니다.

이 소설을 더욱 생동감 있게 만들 모순은, 한편으로는 나의 가련함, 패배감, 그리고 무자비함을 세밀화가들에 이입하여 가련하고 슬픈 어둠의 이야기를 한 것이며, 다른 한편으로는, 그와 정반대로 낙관적이고 긍정적이며 있는 그대로 직시한 삶을 나의 창조적 작가 심리를 적절히 반영하여 소설 속에서 생생하게 그려 낸다는 것입니다. 내가 이렇게 삶을 직시할 수 있고 신뢰하며 볼 수 있는 것은, 물론 나의 어머니, 형, 작품 속에 나오는 셰큐레, 셰브케트, 그리고 오르한 덕분입니다.

1998년 11월 30일

오르한 파묵

8

격동의 터키 현대사를 무대로 써 내려간 혁명과 사랑의 시

『눈』

"모든 인간의 삶에는 저마다의 눈송이가 있다."

독자들이 좋은 소설을 고르는 기준은 무엇일까? 독자들이 소설로부터 충족되기를 바라는 가장 원초적인 기대 심리는 무엇일까? 무엇보다도 '읽는 즐거움'일 것이다. 소설이 주는 읽는 즐거움은 상투적이거나 진부하지 않은 독창적이고 창의적인 내러티브, 탄탄한 논리적 바탕 위에 뿌리 내린 에피소드 전개, 지적인 추리력의 충족, 막힘없는 상상력의 유도, 적절한 긴장감의 유지, 공허하지 않은 상상력, 유려한 문체 등에 따라 증대될 것이다.

읽는 즐거움을 제공하는 좋은 소설은 역량 있는 작가의 손에서 태어난다. 그런 작가는 천부적 재능 외에도 탁월한 지적 수준, 통찰력, 감수성 그리고 상상력을 겸비해야 한다. 자신만의 고유한 색채, 즉 독특한 문체와 표현 방식도 가져야 하며 남다른 근면성 또한 요구된다. 오르한 파묵은 이러한 자질을 두루 갖춘, 우리 시대의 손꼽힐 만한 작가이다. 특히 『눈』(2002년)은 현재까지 발표된 그의 소설들 중에서도 빠른 사건 전개와 시적인 문체로 독자들에게 소설 읽는 즐거움을 듬뿍 선사하고 있는 작품이다. 또한 파묵의 이전 소설들 모두가 이스탄불을 배경으로 하고 있는 반면, 오로지 『눈』만이 아르메니아와 국경을 맞대고 있는 터키 동북부의 도시 카르스를 배경으로 펼쳐지고 있다는 점은 특이할 만하다.

《뉴욕 타임스》는 파묵의 『눈』을 세속주의와 이슬람이 충돌하는 터키의 현실을 깊은 통찰력과 정교한 장치로 그려 낸 소설로 평가하며 '2004년 올해의 책'으로 선정한 바 있다. 또한 프랑스에서는 '2006년 지중해 최고 외국 소설상'을 받았다. 아울러 《뉴스테이츠먼》은 『눈』에 대해 "이슬람 근본주의와 세속주의 사이의 첨예한 갈등을 그 어떤 논픽션보다도 훌륭하게 그려 냈다."라고 평가했다.

독자들은 이슬람의 교리, 이슬람 지도자들과 이슬람 테러리스트의 논리, 민중 속 이슬람의 실제 모습, 모슬렘들의 서구에 대한 시각 등을 그려 낸 이 소설을 통해 이슬람과 이슬람 원리주의에 대하여, 그리고 이슬람 입장에서의 정치 현실, 이교도, 서구를 보는 시각에 대하여 폭넓은 이해를 할 수 있을 것이다. 다시 말해서 『눈』을 통해 우리는 이슬람 종교는 어떤 종교이며, 모슬렘의 서양 종교에 대한 비판 입장이 무엇인가에 대해서뿐 아니라, 평범한 모슬렘이 테러리스트로 변모해 가는 과정, 그리고 이슬람과 세속 정치의 갈등이 쿠데타로 진전되는 과정을 짚어 볼 수 있다. 나아가 이 작품을 통해 이슬람 과격주의자들이 현재 이 지구상에서 자행하거나 시도하는 테러와 무력 충돌의 일면에 대해서도 문학적인 이해와 공감을 구할 수 있을 것이라고 생각한다.

『눈』은 폭설로 길이 차단된 터키의 외딴 국경 도시 카르스에서 일어나는, 현대화를 지향하는 케말주의자들과 보수적인 이슬람 근본주의자들 간의 충돌, 사흘 만에 막을 내린 국지적인 쿠데타를 커다란 줄기 삼아 전개된다. 파묵은 이 작품에서 신과 인간 간의 관계라는 근본적인 문제를 고집스럽게 파고드는 동시에, 중년 남녀의 이루어질 수 없는 사랑 이야기를 눈물겹도록 아름다운 설경을 무대로 독자들 앞에 펼쳐 보인다.

『눈』의 주인공인 시인 카는 정치적 사건에 연루되어 독일로 십이 년간 망명을 떠났다가 어머니의 부음을 받고 터키로 돌아와, 우연히 카르스라는 도시로 여행을 떠나게 된다. 그곳에서 카가 자신의 삶을 온전히 바꾸어 놓은 격랑에 휩쓸리는 과정이, 그의 친구이자 소설의 화자인 오르한 파묵과 주고받은 대화, 서신, 그리고 그의 시집과 비망록을 통해 재구성된다. 눈으로 뒤덮인 도시, 그리고 폭설로 인해 외부와 차단된 상황이 배경이며, 그 안에서 여러 주체들이 대립하며 갈등하는 양상이 전개된다. 하얀 눈과 그 눈이 가리고 있는 가난하고 쇠락한 도시를 무대로 카르스 현지인과 대도시 이스탄불의 부르주아, 이슬람 교리에 충실하려는 여학생들과 교칙을 유지하려는 학교, 종교인과 무신론자, 이슬람 근본주의자와 세속주의자, 경찰과 테러리스트, 군부와 언론, 쿠데타 세력과 민중, 모순투성이인 인간과 신, 사랑에 빠진 남과 여 등등의 인물들이 빚는 불화와 반목이 소설의 긴장감을 높인다.

터키에서 이슬람교는 헌법상 국교는 아니지만, 전체 국민의 98퍼센트가 믿고 있으며, 터키 사회는 이슬람 전통과 관습이 지배적이다. 튀르크 족은 10세기에 이르러 이슬람을 전반적으로 수용하게 되었고, 오스만 제국(1299년~1922년) 시기에는 이슬람 종주국으로서 이슬람 문화가 사회 전반에 걸쳐 그 영향력을 행사하게 되었다. 터키 공화국 수립(1923년) 이후 정부적 차원에서 서구화(현대화)를 단행하고, 헌법에서 이슬람을 국교로 하는 조항을 삭제하여 세속 국가로 자리 잡았지만, 이슬람 원리만을 고수하는 급진 이슬람주의 세력도 간과할 수 없는 세력으로 팽팽히 맞서고 있다. 이러한 현실은 『눈』의 5장 「살인자와 피살자 사이의 처음이자 마지막 대화」에 아주 명쾌하고도 간결하게 담겨 있다. 히잡을 쓰라는 신의 명령과 학교 안에서 히잡을 쓰지 못하게 하라는 세속의 명령이 공존하는 게 터키의 현실이다.

가장 순수하고 아름다운 모습으로 이루어진 종교와 선의 이름으로 가장 비인간적이고 끔찍한 전쟁이 벌어져 온 것은 결코 부인할 수 없는 인류 역사의 오점이며 비극이다. 눈이 새하얀 순수와 결백의 상징이면서도 세상의 모든 추함과 더러움을 마구 덮어 버리는 비정하고 일방적인 망각의 폭정을 상징하고 있듯 세상 모든 선은 악과 맞닿아 있다. 마찬가지로 이슬람주의자와 세속주의자는 등을 마주한 채 서로 결코 바라볼 수 없는 영혼의 형제, 즉 샴쌍둥이 같은 존재는 아닐까.

파묵이 전작들에서부터 끊임없이 천착해 온 주제인 동서양 갈등 문제는 『눈』에서도 역시 중요한 모티프가 된다. 아시아와 유럽을 연결하는 지정학적 위치로 인해 서구 문명과 활발한 교류 및 접촉을 해 오고 있는 이슬람 문화 국가인 터키는 이 두 문명의 갈등과 충돌의 역사가 그 어느 국가보다 깊고 다양하고 첨예하다. 터키는 문명과 문명, 종교와 종교, 인종과 인종이 만나서 어떻게 충돌하고 화해하고 어떤 반응으로 변화할 수 있는가를 보여 주는 가장 좋은 실례라고 할 수 있다. 특히 공화국 시기에 세속주의를 채택한 후 이슬람 가치 체계와 서구를 표방한 현대화가 혼재되어 있으며 아직도 여전히 그러한 갈등 속에서 혼란과 발전과 정체를 거듭하고 있는 것이 사실이다.

이 작품에서는 서양의 신과 동양의 신이 구별되고, 이들 각각을 추구하는 서양인들과 터키인들이 나뉜다. 같은 터키인들도 이슬람주의자와 세속주의자로 갈려 이들 간의 갈등과 대립이 주요한 사건이 된다.

『눈』에는 '카르스의 하늘에서 떨어지는 눈송이'처럼 많은 인물이 등장한다. 많은 작중인물들 중 소설 속에서 가장 근간이 되는 갈등 구조와 관련되는 인물들을 이슬람 원리주의자와 세속주의자로 나눌 수 있고, 이에 속한 인물들의 종교와 세계에 대한 인식과 대응 양상을 살펴보면 그동안 오해와 편견으로 왜곡되어 온 이슬람 원리주의에 대한 올바른 이해를 가져올 수 있을 것이라고 생각한다.

한편, 이 소설에서 '신'의 문제는 노골적으로 드러나지 않는다. 파묵의 문장은 직설적인 담론, 집요한 탐색, 집중적인 터치를 슬그머니 비껴간다. 그러나 주인공이 눈의 신비로움으로부터 신을 재발견하는 과정이나, 무신론자인 무흐타르가 신에 회귀하는 과정과 그 밖의 에피소드에서 독자는 신의 존재, 신과 인간의 관계에 대한 성찰과 모색이 『눈』의 저변에 깔려 있음을 알 수 있다.

또한 이 작품에서 간과할 수 없는 중요한 특성은 테러로 얼룩진 이 시대에 테러 집단은 어떻게 형성되고 투쟁하는가, 그들이 기반 삼는 이념과 논리는 어떤 성격을 갖는가에 대해, 소설적인 방식으로 독자의 이해를 돕고 있다는 점이다. 예컨대 세계에서 가장 첨예한 문화적, 종교적 충돌 속에서 번뇌하고 있는 곳이 바로 터키라는 점에서 터키의 정황을 사실적으로 담아낸 파묵의 소설을 다양한 관점으로 읽는 것은 매우 유익하며 의미 있다고 할 수 있다.

눈으로 외부 세계와 격리되고 단절된 도시 카르스의 상황은 지금 터키가 맞이하고 있는 상황의 거울 속 모습이다. 다만 거울에 맺히는 상은 실체라는 모습의 반영인 동시에 완전히 반전된 또 다른 이미지라는 게 다른 점인데, 이는 과거의 전통과 이슬람 신앙이 이어져 오고, 새롭게 계속해서 현대화되어 가며 개방과 변화를 경험하고 있는 터키의 정체성 혼돈의 모습으로도 볼 수 있다. 즉 터키는 세계 어디로든 열려 있음으로 인해 폐쇄되어 있는 기묘한 상황에 놓여 있는 것이다.

『눈』은 다양한 인종들로 구성되어 있는 카르스 사람들, 카르스 역사, 문화 그리고 거리 곳곳을 생생하게 묘사하고 있다. 실업자들로 들끓는 찻집, 원인을 알 수 없는 여성들의 자살, 눈싸움을 하는 아이들, 선거 포스터들로 가득 찬 거리. 이러한 일상 가운데 끊임없이 내리는 눈은 총성과 대포 소리마저 묻어 버리고 만다. 하지만 이처럼 공포스러운 분위기 속에서도 카는 행복하기만 하다. 사 년 동안 한 줄도 쓰지 못했던 시가 '저절로' 그에게 왔기 때문이다. 열아홉 편의 시.

주인공 카는 무신론자였지만 카르스에서 신의 존재를 재발견하게 되는 특이한 인물로 라지베르트와 수나이 자임이라는 두 인물의 모순된 관계를 연결해 주는 중개인 역할을 한다는 점에서 중요한 상징으로 부각된다. 특히 카는 교주와의 대화에서 "당신들이 믿는 신을 믿고, 당신들처럼 단순한 사람이 되고 싶습니다. 하지만 내 속에 있는 서양인의 모습 때문에 혼란스럽습니다."라는 말로 세속주의와 이슬람주의 이념 사이에서 갈등하는 모습을 극명하게 보여 준다. 이슬람주의에 맞서 단행된 혁명과, 오랫동안 시를 쓸 수 없었던 과거의 좌익주의자였던 주인공 카가 이 유혈의 혁명기에 경험하게 되는 이루어질 수 없는 사랑은 처절하기까지 하다.

소설의 배경이 된 카르스 시가 터키를 대표한다고 볼 수는 없을 터이나, 이슬람교 문제, 쿠르드 족 문제, 동서양 갈등 등 터키 역사와 문화적 측면에서 볼 때는 터키 현대사를 축소해 놓은 것에 다름 아니라 할 수 있다.

나는 번역이 막바지에 이르렀을 무렵 그러니까 2005년 겨울에 카르스를 방문했고, 2012년 초에 한 번 더 소설에서 묘사된 그 신비로운 분위기의 도시를 찾았다. 나도 주인공 카처럼 버스를 타고 카르스로 들어가고 싶었지만 사정이 여의치 않아 항공편을 이용했다. 비행기에서 내려다본 카르스는 한마디로 설국 그 자체였다. 『눈』에서 묘사된 눈 덮인 카르스가 그대로 내 눈앞에 펼쳐져 있다는 데 흥분을 감출 수 없었다.

최근 문학 공간에 대한 관심이 크게 부각되고 있다. 시대의 흐름과 더불어 문학의 향유에 대한 인간의 삶의 질과 관련된 인식이 달라졌기 때문이다. 따라서 작품 자체에 대한 분석에만 초점을 맞추었던 종래의 정태적 의미의 문학 교육은 새로운 문화 환경에 맞게 수정될 수밖에 없다. 이러한 점에서 문학 공간을 답사하고 문학 텍스트가 내포하고 있는 의미를 찾아내어 이를 되살리려는 작업은 문학의 역동성을 가장 직접적으로 이해하고 공감할 수 있는 방안이라 할 수 있다.

이러한 의미에서 『눈』의 배경이 되고 있는 카르스를 답사함으로써 이 도시가 지니고 있는 역사적 특징과 작가가 품고 있는 카르스의 의미를 파악하면 파묵의 작품 세계에 대해 좀 더 깊이 이해하게 될 것이다. 또한 역사 이래로 터키가 겪고 있는 동서양 문명의 충돌을 현장에서 직접 경험함으로써 파묵이 말하고자 했던 정체성 문제에 대해 다시 생각하게 될 것이다. 작가가 설정한 공간과 실제 현실 속의 공간을 대비해 가면서 그 흔적을 좇아 간다면 독자는 작품에 대한 이해를 훨씬 높이고, 작가와 소통할 수 있을 것이다. 문학 공간 기행은 해당 지역의 문학과 예술의 유적지를 기본 거점으로 삼아 여행하고, 작가가 체험한 공간, 문학 텍스트의 공간 등을 직접 방문하는 것으로 독후 감상을 보충 심화할 수 있기 때문이다.

나 역시 『눈』을 따라, 한때 카가 걸었고, 후에 파묵이 걸었던 길을 그대로 답습했다. 두 번째로 카르스를 방문했을 때는 파묵이 이 소설을 집필할 때 투숙했던 카라바으 호텔 310호에 머물며 (호텔 주인에게 파묵의 한국어 번역가라고 했더니, 그가 묵었던 방을 흔쾌히 제공해 주었다.) 그가 내다보았던 호텔 창문에서 눈 덮인 카르스를 내다보며 작품을 떠올렸다.

타이어 바퀴를 단 채 짐을 잔뜩 싣고 굴러가는 마차, 길거리에

파묵이 『눈』을 집필할 때 머물렀던 카르스의 카라바으 호텔.

카르스 성과 석조 다리.(위)
카르스 성에서 내려다본 눈 덮인 카르스 시.(아래)

서 장작을 파는 사람들, 양 떼를 몰고 와 길에서 흥정을 하고 있는 목동들, 빵이 담긴 비닐 봉지를 들고는 종종걸음으로 걸어가는 중년 남자, 성으로 올라가는 언덕에 즐비하게 서 있는 무허가 집들…….

소설에서 묘사되고 있는 위풍당당한 카르스 성 입구에 도달해 표지판을 자세히 읽어 보았다. 1153년에 증축되었다가 1386년 몽고 침략 때 파괴된 후, 1589년 술탄 무라트 2세의 명령으로 재건되었다. 허벅지까지 올라오는 눈 때문에 거의 기다시피 해서 성을 둘러본 후 성의 가장 높은 곳으로 올라갔다. 그곳에서 카르스 시내를 내려다보며 위대한 작가의 면모를 새삼 실감할 수 있었다.

파묵은 『눈』에서 터키 동부에서 볼 수 있는 어쩌면 평범한 도시를 무척 신비롭고 장엄하게 묘사해 놓았다. 파묵이 포착하고자 했던 것이 바로 이 분위기였구나 하는 생각이 들었다. 자살, 쿠데타, 이루어질 수 없는 사랑. 이 비범한 설정에 이런 암울하고 우울한 분위기가 없었더라면, 그리고 끊임없이 내리는 눈이 아니었더라면 소설의 매력은 다소 감소되었을 것이다.

도시 곳곳에는 러시아 풍 석조 건물 등 역사적 건물들이 진을 치고 있었지만 방치된 채 폐허가 되어 가고 있었다. 사람들의 표정은 침울함 그 자체였고, 무엇보다도 빈곤에 허덕이고 있었다. 내가 첫 방문 때 머물렀던 호텔 또한 이전에 학생 기숙사로 사용된 건물이었다는 설명을 듣고는 소설 속 장면이 떠올라 흠칫했던 것이 생각난다. 이 모든 상황들이 『눈』을 연상시키기에 충분했던 것이다.

이런 오지의 국경 도시에 검은 머리의 동양 여자가 흘러 들어

카르스 시내로 양 떼를 몰고 와 가격을 흥정하는 모습.

온 것이 신기했던지, 호텔 주인은 계속 차를 권하며 신경을 써 주었다. 그리고 저녁 식사도 대접받았다. 그는 터키의 유명한 작가 파묵이 이 호텔에 머물며 『눈』을 집필했다며 자랑을 늘어놓았다. 파묵이 내게 이 호텔을 소개해 주었으니, 그 사실을 이미 아는 터였지만 능청스레 놀란 표정을 지어 보였다. 난 카르스에서 『눈』의 한국어 번역자라는 사실을 숨기고 그곳 사람들과 차를 마시며 대화를 나누었다. 소설 속 스파이처럼.

파묵의 소설 한 권이 종교처럼 나에게 카르스로 자발적인 순례 여행을 떠나게 했고, 성지 순례를 마치고 난 순례자가 신에 대한 굳센 신앙심을 안고 오듯, 카르스를 떠나는 비행기 속에서 그에 대한 경외심은 커져만 갔다. 고백하건대, 소설의 마지막 마침표가 있는 곳에서는 나도 카의 친구이자 그의 이야기를 집필하는 사람으로 등장하는 파묵을 따라 눈물 짓고 말았다. 처음부터 끝까지 흑백 필름으로 찍은, 그러나 흰색이 압도적인 영화의 엔딩 크레디트가 올라가고 있었다.

이 글을 읽을 독자들에게 부탁이 한 가지 있다. 이 지면에서 내가 카르스와 카르스인들의 초라하고 우울한 모습을 우리말로 그려 낸 것을 알면, 그들이 파묵에게 그랬던 것처럼, 내게도 서운하다고 화를 낼지 모르겠다. 독자 여러분들께서는 혹여 어느 날 우연히 카르스에 발길이 닿더라도 "당신들의 이런 비참한 모습을 한국인 아무개가 쓴 것을 읽고 이미 알고 있었어요."라고 그곳 사람들에게 일러바치지 않아 주었으면 한다. 그저 그들의 순박한 마음에 상처를 입히고 싶지 않은 나의 마음을 헤아려 주시길 간곡히 부탁드린다.

9

오르한 파묵과 이스탄불의 음울한 영혼

『이스탄불—도시 그리고 추억』

"나는 이스탄불을 순수하기 때문이 아니라,
복잡하고, 불완전하며,
폐허가 된 건물들의 더미이기 때문에 좋아한다."

『이스탄불 — 도시 그리고 추억』(2003년)은 오르한 파묵의 자전적 회상록이다. 일곱 편의 장편소설을 완성한 뒤에 자신의 삶을 돌아보고 밝히기 위해 쓴 작품이 바로 이 자전적인 성격을 지닌 글이다. 아직 작가로서의 앞날이 더 환한 작가가 아무런 허위나 가식 없이 자신의 삶과 추억, 은폐하고 싶은 어두운 열등과 자신의 삶을 이루게 한 근간이자 피폐의 심연인 도시(고향)에 대해 독자들에게 낱낱이 털어놓았다면 독자들은 어떠한 반응으로 회답해야 옳을까.

매우 기묘하고도 깊은 방식으로 쓰인 이 글을 읽을 때 우리는 먼저 진실로 소통하고 사실로 공감하고자 하는 작가의 의지를 염두에 두어야 할 것이다. 파묵은 이 책을 통해 허구를 창조하는 작가라는 직업에서 벗어나, 독자들 앞에서 자신을 악착스럽고도 적나라하게 드러내며 소통하고자 한다. 동시에 자신이라는 존재의 형성 과정을 이스탄불이라는 절대적이며 유일한 시공간과 결합시켜 자신이 왜 이렇게 성장했으며 왜 이런 글을 쓸 수밖에 없었는가를 보여 준다. 터키와 이스탄불이라는 시공간은 그의 많은 작품에서 중첩되어 나타나듯 자신의 의지로 사는 삶보다는 외부 세계의 많은 무수한 것들로부터 강요된 삶을 그에게 부여했다. 그러한 지난한 피폐 속에서 어떻게 자신의 자아를 지키고 만들어 왔는가에 대한 궁금증을 우리는 파묵의 진솔한 고백을 통해서 알고 함께 느낄 수 있을 것이다.

이 책에는 허구적인 캐릭터나 플롯이 전혀 없다. 아울러 인간이라면 누구나 남에게 숨기고 덮어 두고 싶을 것이 마땅한 어두운 과거와 불행에 대해서, 이를테면 불행하고도 모순적인 가족들의 이야기, 아스라한 첫사랑과 첫 경험, 그리고 열등감의 거대한 상징인 형과의 싸움(자전적인 회상록에서 인간의 본능인 성과 폭력은 피할 수 없는 모티프였을 것이다.), 거대한 피폐와 혼란 속에서 기형적으로 낡아 가는 이스탄불, 그 속에서 겪는 모순과 환멸과 방황에 대해서 파묵은 지상에 닿은 순간 녹아 버리는 눈송이처럼 번뜩이다가 사라지고 마는 괴팍한 영감의 천사를 따라 자신의 지식과 감정을 마구 헤집고 들춰 가며 글을 썼다. 어찌 보면 아직도 많은 작품을 쓸 수 있기에 더 위대한 작가에게 조금은 때 이른 회상록을 쓴다는 것은 스스로도 부담이 되지 않았을까 하는 생각도 든다. 하지만 이 작품을 읽은 독자라면 파묵이 자신의 자아에게 느끼는 치열함과 엄중함과 높은 자존심을 이해할 수 있으리라. 아울러 이 책의 탄생에 대한 의문도 받아들일 수 있으리라. 파묵은 1999년에 출간한 『다른 색들』이라는 책에서, 무엇보다도 자신의 도시인 이스탄불과 관련된 작품을 쓸 거라고 한 적이 있었다. 그는 이 책으로 약속을 지킨 것이다.

그는 세계적으로 '터키 작가'라기보다는 '이스탄불 작가'로 더 잘 알려져 있으며, 스스로도 "나는 이스탄불 소설가입니다."라고 하며 자신의 문학적 공간적 배경이 자신을 키운 도시 이스탄불임을 명확히 밝혔다. 하여, 오르한 파묵이라는 작가로서의 정체성은 이제 자연스레 이스탄불과 동일시된다. 도시는 어떻게 문학으로 승화될 수 있는가, 근대화의 가장 위대한 증거의 하나이자 인간이 이룩한 희대의 발명품인 도시는 어떻게 문학과 연결될 수 있는가 그리고 문학을 창조하는 작가에게 그가 속한, 그를 품은 공간인 도시는 어떤 영감을 허락하는 것일까? 이러한 상관관계는 파묵과 이스탄불이라는 관계를 넘어 세계 유수의 여러 작품에서도 쉽게 찾아볼 수 있다. 이를테면, 우리는 제임스 조이스라는 작가의 작품을 통해 자연스럽게 그 작품의 토대가 된 도시 더블린을 떠올리며, 카프카에게는 프라하, 랭보에게는 파리를 연상하며 그 작품의 존재 의미를 등장인물과 사건을 가능하게 만든 공간, 즉 도시와 자연스럽게 맞닥뜨린다.

파묵이 이스탄불에서 태어나고 성장했다는 것, 그리고 현재까지 발표한 여덟 편의 장편소설 중 『눈』을 제외한 모든 작품의 공간적 배경이 이스탄불이라는 사실을 통해 그에게 왜 이런 수식어가 붙었는지 짐작할 수 있다. 그는 현재도 이스탄불 중심가에 살고 있으며, 여름 집필실 또한 이스탄불에 속한 섬에 있다. 『검은 책』이 이스탄불을 배경으로 한 파묵의 작품을 대표하는 난해한 허구의 포스트모던 텍스트라면 『이스탄불』은 이스탄불에 대한 작가의 감상이 그대로 드러나 있는 사실적이며 꾸밈없는 텍스트라고 말할 수 있다.

서명(書名)에서도 추측할 수 있듯이 『이스탄불 — 도시 그리고 추억』에서 그는 이스탄불에서 태어나고 자란 개인사를 도시의 변천사와 함께 담담하게 풀어 나가고 있다. 빽빽하고 깨알 같은 글씨로 쓰인 묵직한 부피의 이 책 속에는 파묵을 속속들이 들여다볼 수 있는 흥미로운 사건과 장치가 곳곳에 가득하다. 그는 유년기, 청소년기, 청년기 그리고 현재까지의 자신을 때로는 아프게 때로는 행복하게 서술한다. 또한 이스탄불과 관련된 과거의 텍스트들과 외국의 알려진 텍스트들, 헌책방에서조차 사라져 가는 슬픈 기록들, 자신의 내부에 각인된 기억들과 외국의 유명 인사들의 회고를 이야기한다. 이 작품에는 터키 현대 문학의 거장인 아흐메트 함디 탄프나르에서 시작해서 코추, 야흐야 케말, 플로베르, 네르발, 고티에에 이르는 많은 작가들의 꿈과 열정이 된 도시 이스탄불에 대한 언급이 담겨 있다. 개인적으로는 하나의 시공간에 대해 이토록 치밀하고 다양한 외부와 내부의 관점으로 기록할 수 있다는 것이 놀랍기도 하며 질투가 나기도 한다. 파묵이라는 개인이 경험한, 어린 시절 부모님의 이혼 때문에 겪었던 정서적인 불안감, 첫사랑, 가족, 슬픔, 행복, 그 모든 감정이 이스탄불이라는 도시의 과거와 미래, 변천사와 환상적으로 맞물려 독자들의 눈앞에 신기루처럼 펼쳐지고 있는 셈이다.

'역사'라고 이름 붙인 과거의 일상이 우리의 일상과 아주 괴리된, 아주 별개의 시공간이나 특별히 다른 것이라고 생각하기 쉬우나, 역사는 어디까지나 우리의 일상에서부터 시작되는 우리의 사건이다. 그리고 이러한 사건의 탄생을 가능하게 하는 건 어디까지나 산업혁명 이후 비약적으로 발전한 인류의 역사와 궤를 같이 하는 자본주의의 위대한 발명품인 도시이다. 한국의 근대 문학은 물론 최근의 현대 문학에 있어서 도시라는 존재는 작품의 탄생에 있어 매우 비중이 크다. 나아가 작가와 작가에게 지대한 영향을 준 도시와의 관계까지 고려한다면 도시는 이제 문학 작품의 탄생에 있어 결코 빠질 수 없는 중요한 키워드가 되었다고 볼 수 있다.

완전히 사적인 산물인 한 존재의 과거는 어떻게 문학 작품으로 승화되어 그가 속한 시간과 공간을 대표하는 하나의 상징으로 창조될 수 있는 것일까. 개인의 사적인 기록이 문학을 통해 어떻게 역사로 승화되는가 하는 비약을 우리는 파묵의 작품을 통해 확인할 수 있다. 나아가 파묵이라는 작가를 탄생시킨 실제 배경이며, 현실과 문학을 통해 드러난 이스탄불이라는 도시를 통해 우리는 파묵의 작품 세계의 근간을 이루는 본질을 찾을 수 있을 뿐만 아니라 도시가 문학과 어떻게 만나는지, 또한 도시가 개인의 삶을 어떻게 문학이라는 매개를 통해 역사로 이끌어 내고 있는지 발견할 수 있다.

이 책은 파묵의 표현을 빌린다면 "영혼에서 일어난 것들을 많은 세월이 흐른 후 기억하여 그것들을 의미 있고 즐거운 이야기로 쓰려고 하는 쉰 살 먹은 작가의 말"이다. 이 작품의 특이할 점은 터키 유명 사진작가들이 찍은 이스탄불의 흑백 사진과 유년기부터 현재까지의 파묵의 다양한 모습을 볼 수 있는 갖가지 사진들이 200점 가량 실려 있다는 점이다. 또한 파묵이 찍은 이스

이스탄불에서 흔히 볼 수 있는 오래된 목조 가옥들.

탄불 사진, 흑백 사진 속의 이스탄불 변천사, 거리와 건물 들은 독자들의 시선을 끄는 또 다른 즐거움이다. 이미지와 글이 조합된 회상록이 새로운 시도는 아니지만, 이스탄불의 과거와 현재, 저자의 성장을 알기 위해서는 알맞은 구성이라고 본다. 사진 속의 이스탄불을 통해서 개인적으로 독자들이 '비애'라는 감정을 느낄 수 있게 되길 바란다.

우리는 우선 이 작품을 통해 이스탄불이 낳은 세계적인 작가를 비밀스레 엿볼 수 있는 기회를 갖게 된다. 그가 과거를 추억할 때 가장 많이 등장하는 단어는 다름 아닌 '비애'이다. 이스탄불이라는 도시 자체가 그에게는 슬픔으로 다가왔던 것이다. 과거 오스만 제국의 수도였던 이스탄불(콘스탄티노플)은 지금의 뉴욕이나 파리를 뛰어넘는 세계의 중심지였다. 하지만 시간이 흐를수록 영광스러운 모습은 하나둘 사라져 갔고 더 이상 발전하지 못한 채 방치되거나 버려지거나 잊혔다. 파묵은 그의 모국이자 고향인 도시, 이스탄불이 슬펐던 것이다. 진심으로 슬퍼하고 애도하는 궁극의 방법은, 그것이 사라지지 않도록 완전하게 기록해서 보존될 수 있도록 각인하는 것이다. 그러한 관점으로 보자면, 파묵의 이 회상록은 자신에 대한 고백인 동시에, 너무나 허망하고 빠르게 허물어져 가는(너무 빠르게 새로워져 가는) 이스탄불의 소멸에 대한 저항의 기록으로 이해할 수 있다.

도시에 솟아 있는 웅대한 사원들과 거대한 역사적인 건물, 시간이 부여한 기품 있는 목조 별장은 아름답고 숭고하지만, 그만큼 과거의 영광을 회상하게 하고 그리워하게 하고, 그렇게 위대했던 과거처럼 현재를 살지 못하는 비탄과 자조를 불러일으킨다. 파묵은 자신이 태어난 해부터 지금까지 반세기 이상의 세월은 이스탄불이 세상과 멀어져, 변방 도시로 남아 버린 흑백의 세월이었다고 고백하고 있다. 파묵은 이 변방에 있는, 즉 중심부가 되지 못한 세계의 한 사람으로서, 주변부에 있다는 분노에서 비롯한 상처와 고뇌가 뒤섞인, 어느 날엔가는 우리가 쓴 것들이 읽히고 이해될 거라는 신념을 가지고, 사람들은 세계 어느 곳에서나 닮아 있다는 낙관적인 믿음으로 창작 활동을 지속해 세계적인 작가의 반열에 오르게 된다.

이 작품을 번역하기 시작하면서 처음부터 끝까지 고심했던 단어가 하나 있다. 바로 'hüzün'이라는 단어다. Hüzün이라는 감정에 대해 파묵은 이 책의 10장에서 단어의 어원부터 시작하여 이 단어가 이스탄불과 어떤 연관이 있는지를 집요하게 파고든다. Hüzün은 우리말로 하면 비애, 깊은 슬픔, 침울, 우울, 우수, 음울 등으로 표현할 수 있다. 이 감정은 하루아침에 생긴 일시적인 슬픔이나 충동적이고 즉흥적인 감정이 아니라, 오랜 세월에 걸쳐 축적되고 문화적으로 의미가 덧씌워진, 공동체가 함께 연대하고 공감하여 느끼게 되는 어떤 살아 있는 느낌이다. 어쩌면 우리나라의 '한(恨)' 정서와도 맥락을 같이한다고 볼 수 있다. Hüzün이라는 단어는 이 책에서 수백 번 반복되는, 말 그대로 이 작품 전체를 관통하고 있는 핵심이다. 나는 파묵이 언급한 대로 이스탄불과 떼려야 뗄 수 없는 이 hüzün이라는 감정을 위에서 언급한 단어들 중에서 취사선택해야 하는 고민에 싸였다. 단어 하나로 표현할 수 없을 정도로 역사적, 문화적으로 심오한 의미가 있기 때문이다. 많은 고심 끝에 '비애'라는 단어를 선택했으며, 때로는 문장의 흐름에 따라 '우울', '슬픔', '침울', '비탄'으로 옮기기도 했다. 그 느낌에 대한 감상은 독자에게 맡기기로 결정했다. 번역자의 힘든 결정이 부디 독자들의 상상력과 공감으로 이 감정의 핵심에 깊이 다가가는 데 방해가 되지 않기를 바랄 뿐이다.

이제, 독자들은 '비애'가 파묵이 이스탄불을 사랑할 수밖에 없었던 원천적인 감정이라는 것을 알게 될 것이다. 36장의 끝부분에서 파묵은 "폐허와 비애, 그리고 한때 소유했던 것을 잃었기 때문에 내가 이스탄불을 사랑한다는 것을 서서히 알게 되었다. 다른 물건들을 얻고, 나를 행복하게 하는 폐허를 보기 위해 나는 그곳에서 멀어져 다른 곳을 향해 걸어갔다."라고 밝히고 있다. 파묵을 파묵이게 한 것은 다름 아닌 이스탄불의 비애였던 것이다. 독자들은 이 작품을 읽으면서 자연스럽게 그의 소설들을 떠올리게 될 것이다. 일례로 37장은 『새로운 인생』의 주인공과 어머니의 관계 그리고 주인공의 정신 상태가 동일시되는 부분이다. 『새로운 인생』의 주인공은 이스탄불의 밤거리를 헤맨 후 집으로 돌아와 독서에 몰두하며 새로운 인생을 꿈꾸는 고뇌에 찬 공학도이며, 파묵이 이 주인공과 동일한 젊은 시절을 보냈다는 것을 이 장에서 알 수 있다. 이는 작가의 실제 삶이 소설에 어떻게 반영되었는지에 대한 실례이기도 하다. 이 회상록과 파묵의 소설을 연결해 가며 읽는, 발견의 기쁨을 얻는 독서도 가능하리라고 본다.

『이스탄불』에서는 파묵의 정신세계에 커다란 영향을 미친, 잊혀 가는, 사라져 가는 옛 이스탄불의 자취와 추억이 문장 사이

사이에서 아련하게 피어오른다. 이제 그는 자유로운 분위기 속의 이스탄불을 꿈꾸고 있다. 그가 경험했던 도시 이스탄불은 그가 꿈꾸는 도시 이스탄불로 나아갈 수 있을까. 파묵이 계속 나아가고 있는 작가인 것처럼 이스탄불 역시 계속해서 역사 속으로 나아가고 있다. 우리는 행복하게 자신의 삶에 대해서, 도시에 대해서, 고향에 대해서, 그리고 무엇보다도 자신의 경험과 경험 속의 존재들에 대해서 사랑해야 한다고 믿는다.

번역하는 내내 나는 파묵과 이스탄불의 관계에 대해 생각했다. 그 관계의 핵심이 파묵의 모든 작품의 근간을 이룬다고 본다. 우리 모두는 고향을 가지고 태어나지만, 자라면서 그 소중한 고향을 계속 가질 수는 없게 된다. 우리가 고향을 사랑하는 것은, 고향이 오직 자신에게만 모든 것을 내어 주는 지극한 헌신의 결정체이며, 그 때문에 완전히 폐허로 전락할 수밖에 없는 운명에 놓인 순수의 핵심이기 때문이다. 파묵에게 이스탄불은 고향의 고향이며, 폐허의 폐허이다. 그러하기 때문에 파묵에게 이스탄불은 무엇보다도 자기 자신의 심연이며 핵심이다. 이스탄불이 폐허가 된 원인은, 파묵의 말에 의하면 '새로운 것에 대한 우리의 호기심'이다.

파묵에게 있어 이스탄불이라는 절망(동시에 사랑)은 '비애'로 말미암아 성장했다. 모두가 공감할 수 있을 만큼 거대하게 자신의 슬픔을 키워 냈다면, 그것은 드디어 슬픔이 아니게 된다. 독자들은 이 작품을 통해 파묵을 만들어 낸, 파묵이 그려 낸 도시, 이스탄불의 실체와 만나게 된다. 이스탄불의 작가 파묵의 과거, 인생관, 예술관, 사랑, 가정사, 개인사 등을 궁금해하는 독자들에게 이 작품은 더할 나위 없이 좋은 텍스트가 되리라고 감히 확신한다. 독자 여러분이 이 작품으로 말미암아 파묵의 작품들을 더 깊이 이해할 수 있게 되기를, 아울러 행복과 그 깊은 행복의 심연 속에 자리 잡고 있는 존재를 느낄 수 있게 되기를 바라는 마음 간절하다.

10

이스탄불을 무대로 한 불멸의 사랑 이야기

『순수 박물관』

"한 여인을 너무나 사랑해서,
그녀의 머리카락과 손수건, 머리핀 등
그녀가 가졌던 모든 물건을 숨겨 놓고,
오랫동안 그것에서 위안을 찾았습니다."

한 남자가 한 여자를 사랑했습니다. 그리고 이로부터 인류의 모든 역사와 이야기가 시작되었습니다.

얼마나 많은 작가들이 사랑을 소재로 글을 썼던가. 태초에 사랑이 있었고, 사랑이 있었기에 인류가 시작되었으며, 인류가 계속되는 한 사랑이라는 소재는 모든 예술에서 영원히 다루어질 것이다. 작가라면 정말로 아름다운 사랑 이야기를 쓰는 것이 평생의 염원이며 갈망일지도 모른다. '사랑'을 자신의 스타일로 그려 보고 싶은 마음이 오르한 파묵에게도 있었나 보다. 또한 노벨 문학상 수상 이후 '장차 내가 기억될 작품'이라고 작가 스스로 단언한 소설이 바로 『순수 박물관』(2008년)이다.

지금까지 발표된 파묵의 작품 중에서 '사랑'을 이토록 전면에 내세우며 집약적으로 다룬 작품은 없었기에 나도 그가 이 작품에 대해 언급할 때마다 가슴이 설레고 무척 기대가 되었다. 나는

『순수 박물관』을 아주 천천히 시간을 두고 읽어 내려갔다. 치밀하게 묘사된 문장은 피부를 데우는 뜨거운 시구처럼 오랫동안 맴돌며 울려 퍼졌다. 이 작품에 담긴 사랑의 설움과 애달픔이 독자를 어느 곳까지 이끌며 어떤 것까지 목격하게 할 것인가가 읽는 내내 궁금했다. 이 작품은 소설이라기보다는 한 인간의 전부를 담은 회고록이며, 한 사람의 사랑이 이룩한 박물관의 처절한 안내 도록이라는 걸 미리 말하는 것은, 다만 번역자로서가 아니라 한 사람의 독자로 이 글을 써 내려가기 때문이다.

『순수 박물관』은 파묵이 2006년 노벨 문학상을 수상한 이후 처음 발표한 작품이다. 한 여자(퓌순)를 평생 사랑한 한 남자(케말)가, 그녀의 집에서 물건들을 훔쳐 와, 그녀와 사랑을 나누었던 장소에 보관하고, 나중에는 그녀를 기억하기 위해 박물관을 세운다는, 상당히 집착적인 사랑 이야기라는 것은 이미 몇 년 전에 파묵에게 들어 알고 있었다. 소설을 읽으면서 그들의 사랑에 너무나 집중하여 오로지 그 사랑에만 초점을 두고 '결말이 어떻게 될까? 이 둘의 사랑이 결실을 맺어 해피엔딩이 될까, 아니면 비극으로 치닫게 될까?'라는 생각을 했다. 한편으로는, 지금까지 파묵 작품의 등장인물 중 여성은 남성에 비해 상대적으로 희미한 존재였고 크게 부각되지 않았기 때문에, 사랑에 빠진 여성 주인공 퓌순의 심리를 어떻게 묘사할지 궁금해 주인공 여성의 심리에도 관심을 두었다.

며칠 동안 집중하여 작품을 다 읽은 뒤 가장 먼저, 이 소설은 파묵의 소설 중에서도 자신의 자아가 가장 많이 투영된 이야기라는 생각이 들었다. 파묵은 이러한 의미로 "『순수 박물관』은 많은 부분을 나의 경험을 바탕으로 쓴 자전적 소설에 가깝다."라고 했을 것이다. 파묵은 자신이 태어나고 자란 이스탄불과 그 장소가 표방하는 삶의 형태, 그리고 가난한 나라의 부유한 집안에서 태어난 남자가 겪는 다양한 고뇌를 '사랑' 이야기를 중심으로 아주 진솔하게 그려 나가고 있다. 사랑하기 때문에, 아무 목적도 없이 단지 옆에 있고 싶어서, 유부녀인 퓌순의 집에 팔 년 동안 드나드는 상황은 아이러니하게도 당대 유행했던 터키 애정 영화와 비슷하다.

파묵은 『순수 박물관』 출간 후, 한 인터뷰에서 "사랑이 무엇이라고 생각합니까?"라는 질문에 "사랑은 교통사고입니다."라고 답했다. 이는 물론 『순수 박물관』의 결말과 연관되어 나온 답변일 것이다. 사랑이 교통사고라니……. 이 둘의 공통점은 무엇일까? 우연? 돌발성? 상처가 남는다? 면역성이 없다? 내 의지로 피할 수 없다? 그리고 파묵은 이렇게 덧붙였다. "그리고 사랑은 심각한 질병이지요." 이 두 번째 답변은 주인공 케말의 정신 상태를 그대로 반영하는 말이라고 할 수 있다.

『순수 박물관』은 파묵의 집필 철학인 '바늘로 우물 파기'가 그대로 드러난 작품이다. 1970년대~1990년대 이스탄불의 문화가 아주 세세하게 파노라마처럼 펼쳐진다. 상류층의 문화, 연애 및 결혼 풍습, 순결에 대한 인식, 혼전 성관계, 영화계의 실태, 사업과 장사꾼들의 뒷거래 등이 사실주의 영화처럼 묘사되어 있다. 또한 파묵의 다른 작품에도 등장하는 실제 파묵의 가족과 비슷한 가족들이나 『이스탄불』에서 보았던 파묵의 어머니와 비슷한 어머니가 등장하기도 한다. 또한 소설의 종반부에서는 영원불멸의 장소를 창조하기 위해 전 세계의 박물관을 찾아다니는 여정을 다루고 있다는 점에서, 마법적인 책과 사랑하는 여자를 찾기 위해 터키 전국을 여행하는 『새로운 인생』의 주인공 같은 모습도 담겨 있다. 이렇듯, 파묵의 작품들을 섭렵한 독자들에게는 아주 익숙한 캐릭터들이 등장해 자연스럽게 다른 작품들을 떠올리며 읽게 된다. 이렇게 여러 관점에서 이 소설을 즐길 수 있겠지만, 나에게는 무엇보다 '한 남자의 사랑에 관한 사적인 역사'로 다가왔다.

소설의 한 지점에서, 나는 퓌순의 어머니와 케말의 대화 두 줄을 읽고 그만 떨어지는 눈물을 참을 수 없었다. 카타르시스는 비극에서 오며, 인간이 영원한 구원을 종교 혹은 사랑에서 찾는다고 한다면, 파묵이 이 작품에서 택한 것은 사랑이었다. 이러한 복받치는 감정의 카타르시스를 느끼려면, 케말이 팔 년 동안 퓌순의 집에 드나드는, 어쩌면 단조롭다고 여겨지는 일상에 대한 묘사를 소홀히 읽으면 안 될 것이다. 오랜 시간 찾아 헤매다가 겨우 발견했으나, 이미 결혼해 버린 그녀와 아무런 육체적 접촉도 없는 상황에서, 팔 년 동안 계속해서 일주일에 서너 번은 저녁을 먹으러 그녀의 집에 찾아가고, 돌아가야 하는 시간이 되면 자리에서 일어나지 못해 괴로워하며 핑계를 찾는 남자, 그녀의 행동 하나하나를 관찰하고, 그녀가 담배를 비벼 끄는 스타일에서도 그녀의 감정을 파악하면서 그 담배꽁초마저 수집하는 남자, 그녀와의 사랑을 기억하기 위해 그녀의 모든 것을 전시할 박물관을 세우는 남자. 감정이나 사람이 아니라, 그 대상의 물건을 통해 사랑을 증명하고, 그것을 영원히 남기려는 이야기가 세계 문학

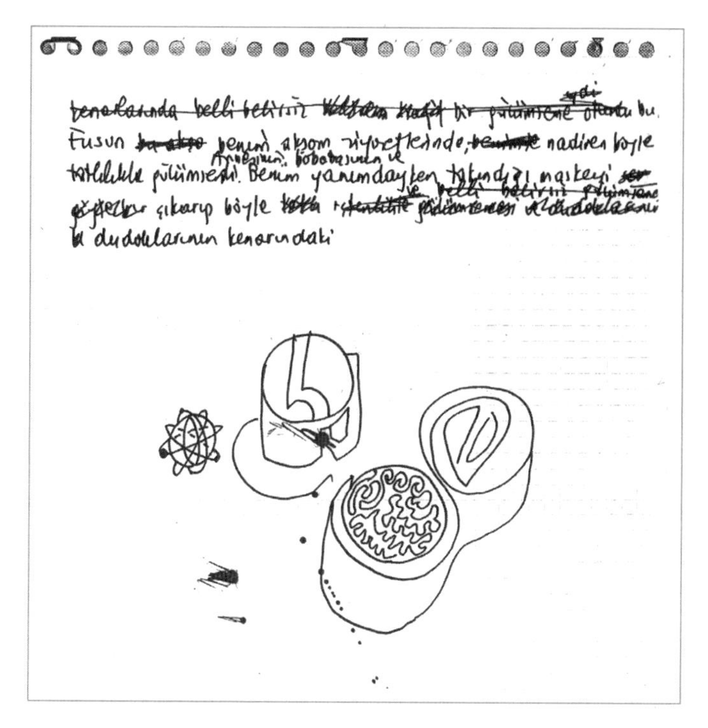

『순수 박물관』 육필 원고와 파묵이 원고에 그린 그림.

사에 얼마나 있을까? 이러한 사랑의 관계를 이야기로 담아낸 파묵의 의도는, 존재하지 않는 허구의 대상을 존재하는 대상으로 추억하고 기념함으로써, 그리고 그 존재가 있었다는 증거들을 모두 수집하여 박물관으로 세움으로써, 예술적 상상력이 얼마든지 현실을 창조할 수 있으며 나아가 불멸로 이끌 수 있다는 것을 증명하고자 하는 신념과 의지로 느껴진다.

한편 『순수 박물관』에는 당시 터키의 젊은 세대가 사랑이나 순결, 혹은 결혼을 바라보는 관점이 사실적으로 묘사되어 있다. 두 남녀의 가슴 아픈 사랑 이야기를 축으로, 터키의 근현대 문화가 세세하게 서술되어 있는 셈이다. 나는 터키에서 오랫동안 유학을 했기 때문에, 터키 문화나 사회 문제 등에 관해 세세하게 서술한 부분에서 고개를 끄덕이거나, 맞아, 그래, 그런가 하며 『순수 박물관』을 읽어 내려갔다. 터키의 전반적인 사회 분위기나 전통과 관습에 익숙하지 못한 독자라면 낯설게 느낄 수도 있을 것이다. 하지만 이러한 집요한 묘사, 사물과 장소의 나열과 설명으로 가득한 것이 바로 파묵의 전략이며 의도라는 것에 주목하자. 이전까지 파묵의 작품이 서사 자체에 치중했다면, 이 작품은 형태를 가진 사물을 통해 인간의 감정과 관계, 세대와 사회를 그려 내고자 했다고 할 수 있으므로.

잠시 파묵의 자전 에세이 『이스탄불』을 언급해 본다. 이 책에는 이스탄불을 방문한 서양인들 중 유명한 시인 제라드 드 네르발에 관한 이야기가 나온다. 파리에서 목을 매달아 자살한 네르발이 사랑했던 여인 제니 콜롱은, 케말이 퓌순을 만나는 계기가 된 가방의 브랜드 이름이다. 네르발은 제니 콜롱을 사랑했으나 결국 실연했고, 그녀는 다른 남자와 결혼해서 얼마 지나지 않아 죽게 된다. 네르발과 제니 콜롱의 사랑 이야기는 케말과 퓌순의 사랑 이야기와 흡사하다. 일찍 세상을 떠난 제니 콜롱과 퓌순, 그리고 그들을 잊지 못해 영원한 징표를 남기는 네르발과 케말. 네르발은 열렬히 사랑했던 여인, 제니 콜롱의 이야기를 시집 『오렐리아』로 남겼으며, 케말은 퓌순을 기억하기 위해 '순수 박물관'을 세운다.

2012년 4월에 소설 제목과 같은 순수 박물관이 일반에 공개되었다. 이 소설을 읽은 후에 책을 들고 소설의 주요 배경이 된 이스탄불 추쿠르주마에 있는 퓌순의 집, 즉 순수 박물관을 방문하면(책 속에 입장권이 있다.) 소설에 나오는 물건들을 볼 수 있는 즐거움을 만끽하면서, 이야기가 책에서 나와 현실에 존재하고 있는 것을 목격할 수 있을 것이다. 말 그대로 소설의 모든 것들을 재현한, 작가가 창조한 한 편의 소설이 실제임을 보여 주는 박물관이다. 나는 수년 전부터 파묵이 이 작품을 쓰는 과정과 박물관에 전시될 물건을 모으는 과정을 지켜봤고, 그의 집필실에서 아직 공개되지 않은 물건들을 보고 사진도 찍으며 소설 속 오브제들의 생명을 호흡했다. 또한 작년에는 완공된 순수 박물관에 가서, 소설을 읽고 번역하며 느꼈던 감동을 다시 한 번 체험하는 기회를 갖게 되었다.

우리는 왜 순수 박물관에 전시된 여러 가지 오브제들을 관람하고자 할까? 박물관에 전시된 물건들이 소설 속 케말과 퓌순의 가슴 아픈 사랑의 증거이자, 세계적 권위의 작가가 창조한 인물이 소유하거나 만진 물건이기 때문이다. 케말은 자신의 사랑의 기억, 그 아름다운 순간을 간직한 물건들의 중요성을 이미 소설의 초반부에서 암시하고 있다.

"하지만 가장 행복한 순간을 생각했을 때, 그것이 이미 아주 오래전 일이며, 다시는 오지 않을 것이고, 그래서 우리에게 고통을 준다는 것도 알고 있다. 이 고통을 견딜 수 있게 하는 유일한 방법은 그 황금의 순간이 남긴 물건을 소유하는 것이다. 행복한 순간들 이후에 남겨진 물건은 그 순간의 기억, 색깔, 보고 만지는 희열을, 그 행복을 느끼게 해 준 사람보다 더 충실히 간직하고 있다."

2010년에 나는 모 방송사의 한국전쟁 60주년 특집 다큐멘터리로 터키 참전에 관한 프로그램 제작에 참여한 적이 있었다. 내가 한국전쟁을 소재로 한 터키 영화에 대한 논문을 발표했기 때문에 이 작업에 동참하게 되었다. 터키를 방문하는 김에 파묵에게 한국 그리고 국내에 곧 출간될 『순수 박물관』에 대해 인터뷰를 하고 싶다는 메일을 보냈다. 해외의 많은 언론이 『순수 박물관』과 관련하여 이스탄불 집필실에서 인터뷰할 것을 요청했지만, 순수 박물관 설립 준비, 컬럼비아 대학에서의 강의, 집필 등의 이유로 매번 거절해 온 것을 익히 알고 있었던 터라 큰 기대를 걸지 못하고 불안해하던 차에 이틀 뒤에 아래와 같은 그의 수락 메일을 받고서는 여간 기쁘고 감사한 마음이 아니었다.

> 난아 씨의 인터뷰 요청을 기쁘게 수락합니다. 그리고 집필실에서 인터뷰 끝나고 바닷가 생선 식당에서 함께 저녁 식사를 하면서 그 동안 나누지 못한 이야기나 할까요?

2010년 파묵의 집필실에서 진행된 필자와의 인터뷰.

『순수 박물관』을 번역하는 동안에도, 그전에 그의 작품들을 번역하던 때와 마찬가지로 그와 자주 메일을 교환했다. 간혹 서로의 동정에 관한 메일도 있었지만, 원작을 옮기면서 원문과 작가의 의도를 충실히 반영하기 위한 옮긴이로서의 나의 질문과 원작가인 그의 회신이 주요 내용으로, 일종의 비즈니스 측면의 메일 교환이었던 반면에, 이번처럼 나의 일방적이고 사태분별 없는 요구를 흔쾌히 수락한 것에서 더 나아가 식사 초대로 자신의 바쁜 시간을 가외로 할애해 주겠다는 답신이 나에게는 진한 감동 이상이었다.

터키 특유의 화창한 봄이 만개한 약속일에, 카메라 설치 등 촬영 준비에 시간이 걸릴 것 같아, 나는 약속 시간보다 십오 분 일찍 파묵의 집필실에 도착했다. 파묵은 나와 일행을 반갑게 맞아 주고는, 아직 옷을 갈아입지 않았다면서 잠시 기다려 달라는 말과 함께 방 쪽으로 들어갔다가, 잠시 후 짙은 군청색 셔츠로 갈아입고 나타났다. 입가에는 함박 미소를 지으며. 우리는 먼저 간단하게 서로의 안부를 물었고, 파묵의 다음 일정에 지장을 주지 않기 위해 곧 인터뷰에 들어갔다.

이난아 당신은 두 번 방한한 적이 있는데, 한국에 대한 인상은 어떤지요?

파묵 한국은 많은 면에서 터키와 닮았다는 인상을 가졌습니다. 그러니까 아직 중심부에 속하지 못하고, 자신만의 고유한 역사가 있으며, 자신들을 충분히 알리지 못하고, 자신의 문화가 많이 알려지지 않아 약간은 불만스러운 면이 있다는 점에서 터키와 비슷하다는 의미입니다. 터키 바로 옆에 유럽 문명이 있듯이, 한국도 중국과 일본이라는 존재가 있지요. 한국은 이 나라들과 관계를 맺으며 정체성을 모색하려고 했고, 그 결과 현대에 그 고유성을 발견한 것 같습니다. 한국에 대해 관심을 가졌던 것은, 내가 어렸을 때, 한국전쟁 참전을 계기로 해서 한국과 터키를 비교하는 분위기가 터키 사회에 만연했기 때문이지요. 최근에는 15~20년 사이에 눈부시게 성장한 한국 경제에 대해 많은 관심을 갖게 되었습니다. 단지 경제적인 성장이 아니라, 문화적 성장, 거대한 서점들, 풍요로운 삶과 현대성 그리고 한국의 변화상이 무척 관심을 끌었고, 한국에 갈 때마다 이러한 것에 촉각을 세우고 관찰하게 되었습니다. 내가 생각하기에 한국과 터키의 닮은 점은 거대한 문명 옆에서 자신의 문화와 정체성을 찾으려고 노력한다는 점, 그리고 세계에 한국을 충분히 알리지 못해서, 터키도 항상 이 부분이 불만이지만요, 안타까워한다는 점인 것 같습니다.

이난아 2010년은 한국전쟁 60주년을 맞는 해인데, 한국전쟁이 터키에게 어떤 의미가 있다고 생각합니까?

파묵 한때는 의미가 있었지요. 그 당시 세계는 냉전으로 인해 두 세계로 나누어져 있었습니다. 한편은 공산주의, 다른 한편은 NATO, 미국 그리고 서구. 터키는 서구 세계에 자리 잡기 위해 한국전쟁에 참전하게 되었지요. 물론 이런 이유였지만, 터키는 이를 계기로 한국을 알게 되었답니다. 나의 이모부도 한국전쟁에 참전했고, 전투를 했지요. 여기서 아주 가까운 곳에 살고 계십니다. 지금은 연세가 여든이 넘었지요. 하지만 한국전쟁은 이제 터키인들에게 있어 대부분 기억으로만 남게 되었어요. 왜냐하면

나이 드신 분들만 기억하니까요. 내게 있어 한국전쟁의 중요성은 우리가 아주 먼 나라에 가서 전쟁을 했다는 것, 그리고 양국 사이에 형제애가 여전히 남아 있다는 점입니다. 또한 터키 문화와 한국 문화 사이의 연관성, 전쟁으로 인한 전우애와 우정도 있지요. 1960년대, 1970년대 터키 문학, 예를 들면 아이셀 외즈아큰의 작품에서도 한국전쟁이 언급된답니다.

이난아 『순수 박물관』을 번역하면서, 1970년대 터키 영화들을 파노라마처럼 펼쳐 보여 주는 걸 보고 당신이 영화에 많은 관심을 가지고 있다고 생각했습니다. 삼 년 전에 칸 영화제 심사위원으로 참석한 적도 있고요. 그렇다면 한국 영화를 볼 기회가 있었는지요.

파묵 네, 한국 영화를 본 적이 있습니다. 칸에서 나를 포함한 심사위원단이 「밀양」에 상도 수여했지요.(웃음) 「밀양」은 아주 감성적이며, 내면을 주시하는 세계처럼 느껴졌습니다. 또한 감독이 멜로드라마틱한 요소를 아주 노련하게 사용한 것 같습니다. 개인적으로 우리가 이 작품에 여우주연상을 수여하게 되었던 것이 아주 만족스럽습니다.

이난아 2006년 노벨 문학상을 수상하기 전에 이미 한국에서 『새로운 인생』, 『내 이름은 빨강』, 『하얀 성』, 『눈』이 출간되어 알려졌는데요, 이 작품들 중 특히 『내 이름은 빨강』이 많은 사랑을 받고 일부 대학에서는 강의 교재로도 사용하고 있습니다. 당신의 작품이 한국에서 이렇게 사랑받는 이유는 무엇이라고 생각합니까?

파묵 작가가 자신의 작품에 대해 언급하는 것은 쉽지 않습니다. 먼저 번역자인 이난아 씨에게 내 작품을 잘 번역해 주어 감사하다는 말씀을 드리고 싶습니다. 또 다른 이유는 내가 과거에 동양 세계가 공유했던 문화, 이제는 과거로 남은 그 문화를 발견하고, 과거의 전통과 현대적 정체성 사이에서 가슴 아파하지 않고, 이를 현대적인 언어로 창조했기 때문이 아닌가 생각합니다. 『내 이름은 빨강』은 단지 한국뿐만 아니라, 중국에서도 많은 사랑을 받았습니다. 전통적 스타일로 그림을 그리는 것에 대한 경외심 그리고 오늘날의 삶과도 연결되는 작품이지요.

이난아 이제 『순수 박물관』은 어떤 소설인지 소개해 주시겠어요?

파묵 가장 최근에 썼고, 곧 한국에서 출간될 『순수 박물관』은 짧게 말한다면 사랑에 관한 소설이라고 할 수 있겠네요. 하지만 사랑을 칭송하거나, 사랑이 얼마나 아름다운지를 설명하는 작품은 아닙니다. 그렇다고 유행가에 많이 등장하는 가벼운 사랑 이야기도 아닙니다. 무척 무거운 면이 있는 소설이지요. 사랑이 우리 마음에 어떻게 작용하고, 어떻게 영향을 미치는지를 고심했던 책이라고 보면 될 듯합니다. 한 여자에게 지독하게 사랑에 빠진 남자의 눈에 비친 1970년대, 1980년대의 터키, 이스탄불을 조망하고자 했습니다.

이난아 그런데, 제목이 왜 '순수 박물관'인지요?

파묵 소설에서 그 이유를 설명했습니다. 하지만 이에 대한 단 하나의 대답은 없습니다. 내게 있어 소설 제목들은 소설 안에 있는 비밀에 무언가를 한 수저 더 넣는 것입니다. 소설의 심장부에 약간은 '순결'이라는 화두가, 이는 터키 문화에서, 중동 문화에서 혹은 모든 세계에서 중요시 여기는 덕목이겠습니다만, 자리하고 있지요. 이러한 '순결'은 '순수'와 관련이 있지요. 그리고 나는 소설에서 저녁에 모여 텔레비전을 보는 '순진'한 사람들을 우회적인 방법이 아니라 있는 그대로 서술하려고 노력했습니다. 또한 이 작품에는 사람들이 삶에 대한 '순수함'을 잊고, 살아가기 위해 교활한 행동을 하는 면도 있지요. 소설이 이 모든 소재 주위를 돌고 있지만, 왜 제목이 이러한지는 정확하게 한 단어로 말할 수는 없군요. 나는 독자들로 하여금 내 소설을 기억하도록 만들고, 그 독자들이 소설에 대해 자문(自問)을 하게 되기를 원합니다. 독자들이 책을 다 읽은 후 "어, 그런데 이 소설이 왜 '순수'에 관한 것일까?"라고 되뇌이며 다시 한 번 생각해 주기를 간절히 바랍니다.

이난아 당신의 소설들 중 『순수 박물관』에서 사랑 테마를 가장 깊고 자세하게 다루고 있는데, 이 부분에 대해 설명을 해 주시겠어요?

파묵 조금 전에도 말했듯이 『순수 박물관』은 단지 사랑에 대한 이야기가 아니라 사랑에 대해 성찰하는 소설이기도 합니다. 중동, 터키, 어느 모슬렘 나라에서 혹은 서양 문명에 속하지 않는 나라에서 있을 법한 사랑이 다루어지고 있습니다. 터키는 과거에 남녀가 쉽게 한자리에 있을 수 없고, 서로 만나 사랑에 대한 생각들을 나누고 관계를 발전시킬 수 없으며, 함께 나가 영화를 볼 수 없고, 서로 손을 잡을 수 없는 나라였지요. 아직도 여전히 약간은 이러한 면이 남아 있지요. 이런 나라에서, 여성들이 이러한 압박과 감시 하에 있는 상황에서, 남녀가 어떻게 서로를 만나게 되고, 사랑을 발전시키게 될까요? 쉽지 않은 일이지요. 이럴 경우 이들 남녀들의 시선이나 의식(儀式), 행동, 눈썹을 치켜 올리는 모습, 신호들이 부각되지요. 나는 이런 것들이 창피하고, 손가락질 받아 마땅하다고 생각하며 소설에 묘사한 것은 아닙니다. 그저 이것들 속에서 발생하는 섬세한 것들을 설명하려고 노력했습니다.

이난아 이 소설을 집필하면서 세계의 많은 박물관을 방문했는데, 그 박물관들에 대한 인상과 그것이 소설에 어떻게 반영되었는지 알려 주세요.

파묵 『순수 박물관』은 한편으로는 지독하게 사랑에 빠졌지만 응답을 받지 못했기 때문에 자신이 사랑한 여자의 물건들을 모으는 남자에 관한 이야기이기도 합니다. 소설의 마지막 부분에서 이 남자는 자신이 모은 물건들로 박물관을 세웁니다. 소설 역시 마치 이 박물관, 그리고 그 안에 진열된 물건들을 설명하듯 서술됩니다. 나는 이러한 것을 쓰면서 세상의 수많은 박물관을 돌아다녔습니다. 서양인들이 수집가라고 부르는 것이 왜, 어떻게 등장하게 되었는지, 이 수집가들의 영혼의 상태를 연구하려고 노력했습니다. 나는 수집 혹은 물건을 모으고자 하는 감정이 우리 모두에게 내재되어 있다고 믿습니다. 하지만 물건들을 모아 수집하는 것은 서양 문명의 발견이지요. 우리, 서양 문명 밖에 있는, 혹은 주변부에 사는 사람들은 그저 이에 감탄을 하지요. 박물관은 이런 수집품들에 존경을 표하고, 전시를 하는 곳이지요. 하지만 꼭 규모가 크고 민족적 요소가 깃든 박물관만이 아니라, 자신의 감정, 우리 인생의 슬픈 사건, 비극을 표현하고 싶은 사람들도 박물관을 세웁니다. 나는 세상의 박물관을 돌아다니면서 이러한 관점으로 보기도 했습니다. 마음속에 상처가 있는 사람들이 고통, 상처, 마음속에 숨겨 두고 있던 욕구 때문에 물건을 수집하고, 운이 좋다면 그것들을 전시하며 그에 관한 이야기를 설명하게 되는 경우가 있습니다. 그러니까 나는 박물관을 단지 물건들에 대해 이야기하고, 이를 전시하고 표현하면서 이야기를 해 주는 곳일 뿐 아니라, 슬프고 비극적인 이야기를 하는 곳으로 이해합니다. 특히 나는 민족적, 역사적 박물관보다는 주변부에 있고, 개인이 세운 박물관들에 관심을 갖고 있습니다. 나의 소설은 바로 이러한 것에 대해 이야기하고 있습니다.

이난아 소설과 같은 이름의 '순수 박물관'이라는 박물관이 곧 개관할 예정인데요, 아마도 소설을 재현한 박물관으로는 세계 최초인 것 같아요.

파묵 네, 이 박물관에 많은 시간을 할애하고 있습니다. 지금 당신과 인터뷰하기 전에도 아침에 거기서 일하고 있었고요. 『순수 박물관』은 전 세계에서 출간되었고, 곧 한국에서도 출간될 소설의 제목일 뿐만 아니라, 이스탄불에 개관될 박물관의 이름이기도 합니다. 소설의 남자 주인공 케말이 사랑 때문에 모은, 사랑하는 여자가 만졌던 모든 물건들을 박물관에 전시할 예정입니다. 물론 단지 주인공이 사랑하는 여자의 물건들뿐만 아니라, 이스탄불 문화의 많은 특징도 함께 전시될 겁니다. 이 소설을 쓸 계획을 세웠던 십 년 전에 이미 이런 생각했고, 박물관으로 재현하려는 생각을 키워 갔으며, 이를 실현할 건물도 샀답니다. 그런데 모든 것이 아주 느리게 진행되고 있고, 시간과 노력을 정말 많이 투자해야 하는 상황이 되고 말았네요. 하지만 내가 하고 있는 일이 고유하고 새로운 것이 되리라고 믿습니다. 지금도 열심히 박물관 개관 준비를 하고 있고요.

이난아 그렇다면 순수 박물관은 언제 문을 여는 건가요?

파묵 올여름 말쯤에 개관하려고 노력하고 있습니다. 늦어도 올해 말에는 선보이게 될 겁니다. 하지만 모든 사람이 이에 관해 묻고 있기 때문에 나는 '준비가 끝나면' 개관할 거라고 말한답니다.(웃음)

이난아 그런데 소설에서 전시될 물건들은 단지 『순수 박물관』에서 언급되는 물건들인가요? 아니면 1970년대, 1980년대의 분위기를 반영하는 물건들도 전시될 예정인가요?

파묵 물론 『순수 박물관』의 시간적 배경이 된 당시의 물건들도 전시될 겁니다. 하지만 이는 물론 소설에서 언급되기 때문에 전시되는 겁니다. 소설과 관련 없는 당시의 일반적인 물건들은 없습니다.

이난아 책상 위에 처음 보는 책 표지가 있는데 최근에 집필하고 있는 작품인가요?

파묵 아, 그거 말입니까? 지금까지 다양한 잡지에 기고했던 글들을 모아 책으로 낼 계획을 추진하고 있는데, 더디군요. 지금은 순수 박물관 개관 문제에 몰입하고 있어서 진척이 되지 않고 있어요. 순수 박물관은 8월 말에 개관할 예정이고, 현재 스무 명이 넘는 전문가들과 함께 일을 하고 있습니다. 물론 소설을 박물관으로 재현해 보려는 것은 내가 계획했고, 실행에 옮기는 일에 현재 최선을 하고 있지만, 예상했던 것보다 더 많은 시간이 걸리고 신경을 써야 할 부분이 많아요.

이난아 당신의 작품들을 사랑하는 한국 독자들에게 메시지를 전해 주시지요.

파묵 한국 독자들이 내 작품을 사랑해 주어서 진심으로 자랑스럽습니다. 한국 독자들은 내 작품을 다른 나라 독자들보다 먼저 발견했고, 읽었고, 사랑해 주었습니다. 한국 독자들이 내 작품을 읽을 때, 다른 나라 독자들은 아직 나를 알지 못했습니다. 나는 한국에 두 번 방문했는데, 한국 서점, 한국 출판 산업이 아주 풍성한 것을 보고 놀랐습니다. 작가로서 한국 독자들의 반응이 무척 만족스럽습니다.

파묵의 다른 일정 때문에 아쉽지만 이 대목을 마지막으로 공식적인 인터뷰를 끝내고 보스포루스 바다가 한눈에 내려다보이는 집필실의 발코니로 나가 경치를 구경하며 잠시 사담을 나누었다. 파묵은 나의 최근 연구 주제, 현재 번역하고 있는 작품에 대해 물었고, 나는 파묵의 딸 뤼야에 대해 물었다. 파묵은 “아, 뤼야는 내가 재직하고 있는 컬럼비아 대학에 입학했답니다. 학부 수석으로 입학해서 아버지로서 아주 기쁩니다.”라고 말하며 입가에 미소를 지었다. 딸 이야기가 나오니 지금까지의 진지한 분위기는 금세 사라지고, 여느 아버지처럼 얼굴에 흐뭇한 표정이 번졌다.

이후 우리는 파묵이 예약해 놓은, 바닷가에 위치한 생선 레스토랑으로 저녁 식사를 위해 나섰다. 파묵은 책상 위에 놓여 있던 야구 모자를 쓰고는 앞장서 현관문을 나섰다. 집필실에 들어왔을 때 그 야구 모자가 눈에 띄었지만, 그가 전에 야구 모자를 쓴 모습을 본적이 없었기에 무심히 넘겼으나, 막상 야구 모자를 착용하고 나가는 행동이 약간 의아했다. 우리는 아래에서 기다리고 있던 경호원과 함께 택시를 타고 레스토랑으로 출발했다. 가는 동안 야구 모자와 경호원들에 관해 생각하며 여전히 파묵의 신변이 위험하다는 것을 깨닫고 마음이 아려 왔다.

레스토랑에 도착하니 웨이터들이 달려와 파묵에게 극진한 존경을 표하며 인사했고, 테이블에 앉아 있던 다른 손님들도 파묵에게 환한 미소를 지으며 고개로, 눈짓으로 인사를 건넸고, 파묵도 일일이 이에 화답했다. 우리는 터키 문학과 터키 작가들의 동향에 대해 여러 가지 이야기를 나누었다. 대화 도중 아직 확정되지는 않았지만 한국 출판사가 독자들과 함께 떠나는 '오르한 파묵 문학 기행'을 고려하고 있다고 하자, 그는 환한 미소를 지으며 이렇게 말했다.

"무척 멋진 계획이군요. 만약 8월 중순경에 한국 독자들이 이스탄불에 온다면 그들을 초대해 바닷가에서 함께 저녁 식사를 하고 싶네요. 나의 작품을 사랑해 주는 한국 독자들을 가까이서 만나 내 작품들에 대해 이야기를 하며 교감을 나눈다면 무척 멋진 추억이 될 것 같고요. 곧 예일 대학에서 수여하는 명예박사 학위를 받기 위해 미국에 갑니다. 미국에서 잠시 체류한 후 다시 이스탄불로 돌아올 테니 그때 혹 서로 시간이 맞아 만날 기회가 된다면, 나로서는 무척 의미 있는 시간이 될 것 같아요."

전혀 예상하지 못했던 초대였다. 평소 파묵의 언급을 통해 한국과 한국 독자들에게 커다란 관심을 가지고 있다는 것은 익히 알고 있었지만, 이러한 제안을 받자 번역자이자 한 사람의 독자로서 무척이나 영광이었다.

파묵은 다음 날 아침 순수 박물관에서 박물관 설계자, 실내 장식가와 만나기로 했다면서 함께 얘기도 나누고 사진도 찍자는 제의를 했다. 내부 수리와 전시품들로 실내가 어수선하니 외관만을 보는 것으로 만족할 수 있다면 하는 단서를 붙이면서.

다음 날 아침, 나는 약속 시간보다 삼십 분 일찍 순수 박물관으로 가 주위를 둘러보았다. 파묵의 집필실에서 걸어서 갈 수 있는 순수 박물관의 위치를 찾는 것은 예상보다 어렵지 않았다. 소설 뒤에 첨부되어 있는 약도를 보면서 찾다 보니 인근 주민들이 모두 친절하게 가르쳐 주며, 박물관 덕분에 이 오래된 마을과 거리가 유명해졌다고 즐거운 표정을 지었다. 순수 박물관의 외벽 색은 아직 결정되지 않은 상태였다. 그래서 그런지 실험이라도 하는 듯 흰색, 회색, 크림색, 분홍색 페인트가 벽에 칠해져 있었다. 소설에서 묘사된 좁은 골목길과 퓌순이 살았던 집(순수 박물관)을 보니 새삼 가슴이 아려 왔다. 케말과 퓌순의 안타까운 사랑 이야기가 다시 떠올랐고, 나도 모르게 상념에 젖어 케말이 몇 년 동안 밟았을 네모난 돌길을 걸어 보며 만져 보기도 했다.

약속한 시간에 파묵이 박물관 설계자, 실내 장식가와 함께 가파른 비탈길에서 내려왔다. 그는 그들에게 나를 "내 소설의 한국어 전담 번역자"라고 소개했다. 파묵이 나타나자 동네 주민들이 다가와 친근하게 인사를 하며 사진을 찍자고 했고 그는 웃으면서 기꺼이 응했다. 그러고는 순수 박물관에 전시될 물건들을 어떻게 수집했는지, 전시 콘셉트는 어떠한지 등 여러 가지 이야기

완공 전 순수 박물관 앞에서 파묵과 필자.

2010년 여름 민음사의 '오르한 파묵 문학 기행' 당시
순수 박물관 앞에서 한국 독자들과 기념 촬영.

를 들려주었고, 우리는 사진을 찍으며 짧지만 즐거운 시간을 보냈다.

헤어지는 길에 파묵은 한국 독자들과 함께 이스탄불에서 함께 시간을 보낼 수 있기를 기대하고 있다면서, 한국 독자들과의 만남을 진심으로 고대하고 있음을 다시 한 번 나에게 환기시켰다.

그리고 2010년 8월에 한국 독자들과 함께 떠난 '오르한 파묵 문학 기행' 중에 파묵 집필실을 방문했다. 그는 약속한 대로 한국 독자들을 순수 박물관으로 초대하여 소설과 박물관을 접목하여 자세히 설명해 주었고 저녁에는 함께 식사를 하는 등 호의를 베풀었다. 나는 저녁 식사를 하러가기 전에 지난번에 방문했을 때 미처 묻지 못했던 것들에 대해 물었다.

이난아 케말의 감정이 사랑인지 집착인지 구분하기 어려운데요…….

파묵 사랑을 하고 있지 않다면, 조롱하기 좋아하는 사람이라면 집착이라고 할 수 있겠지요. 나는 케말이 집착적이라고 하는 말을 좋아하지 않습니다. 케말에 대해 집착적이며, 강박적이라고 하지만, 내 생각에 케말은 진정 사랑에 빠진 것입니다. 이러한 것은 많은 사람들이 겪을 수 있는 일이지만 케말은 그 사랑에서 헤어날 수가 없었어요. 그는 그 상황을 받아들이지도 못하지요. 사실 사랑에 빠진 남자가 세상을 바라보는 관점에 관한 소설이에요.

이난아 한국에선 이 책을 소개할 때 '지독한 사랑'이라는 표현을 썼는데요, 당신이 생각하는 사랑이란 어떤 것인지요?

파묵 사랑은 화학적인 반응이지만 서로에게 영향을 미치지요. 뇌리 한편에서는 우리가 강박적 혹은 집착적이라고 할 수 있는 일을 하고 있다고 속삭이고요. 하지만 우리 몸, 영혼의 일부는 우리를 그 길로 가게 만들지요. 소설에서는, 가고 있는 길에 결론이 없다는 것을 알면서도 그럴 수밖에 없는 상황으로 서술되고 있습니다. 어쩌면 이러한 이유로 『순수 박물관』은 단지 사랑 이야기만이 아니라, 인간의 영혼에 관한 소설이기도 합니다. 우리 영혼은 항상 이성적이거나 항상 합리적이지는 않지요. 우리 이성의 한편은 다른 것을 얘기하고, 다른 한편은 또 다른 것을 얘기하지요. 우리는 이렇게 서로 모순되는 것을 믿으며 평생을 살 수도 있답니다.

이난아 당신은 평소 글쓰기와 삶에 있어서 완벽주의자에 가깝다고 생각하는데요, 사랑도 완벽한 것으로 보는지요?

파묵 사랑은 완벽하지 않습니다. 정반대로, 소설에서도 말했듯이 우리가 교통사고처럼 경험하는 것이지요. 우리를 고통스럽게 하지만 도무지 제어할 수도 없지요. 사랑은 완벽한 것이 아니고, 혼란스럽고, 대부분 가슴 아픈 일이에요. 사고처럼, 재앙처럼. 하지만 우리가 그것을 행복하게 받아들이기 때문에 원하는 것이기도 하지요.

이난아 소설은 허구일 뿐인데 허구의 이야기를 실재로 재현한 것이 어떤 의미가 있는 것인가요?

파묵 나는 소설과 함께 박물관도 세우고 있습니다. 케말이 사랑에 빠졌을 때 모았던 물건들을 나는 소설을 쓰면서 모으기 시작했습니다. 아직도 박물관을 개관하지 못했지만, 최선을 다해 일하고 있습니다. 나는 두 가지 원천에서 영감을 받는 작가입니다. 첫째로는 내가 극도로 사실주의자라는 점이지요. 나는 내가 살았던 터키, 이스탄불을 이야기합니다. 두 번째로는, 초현실적이라고 할지, 아니면 환상, 상상력 혹은 동화라고 할지 모르겠지만, 상상력에 의거하는 면이 있지요. 가장 정치적이고, 가장 사실주의적인 소설인 『눈』에조차 초현실적이며 동화 같은 면이 있습니다. 『내 이름은 빨강』은 역사적인 사실을 바탕으로 한 소설인 동시에 동화 같은 면도 있습니다.

이난아 순수 박물관 전시품 가운데 가장 애착이 가는 것이 있다면요?

파묵 가장 중요한 물건들 중 하나는 예를 들면 모과 강판입니다. 소설에 터키의 정치적 상황을 묘사하는 부분이 있습니다. 이 모과 강판을 어떤 가게의 진열장에서 보았을 때, 그 장을 어떻게 구성해야 할지 알게 되었지요. 물건을 먼저 발견하고 나중에 그와 관련된 내용을 소설에 추가하기도 했습니다. 반대로 퓌순의 세발자전거는 소설에 먼저 쓰고 나중에 세발자전거를 찾아 구했지요. 이렇게 물건을 발견한 후 소설을 쓰기도 했고, 소설에 필요한 물건을 모색하며 쓰기도 했습니다. 퓌순의 귀걸이, 퓌순의 노란 구두 같은 것은 특히 중요한 물건들입니다.

이난아 노벨 문학상 수상 연설에서 글쓰기의 이유로 "쓰고 싶어서 쓴다. 행복하다."라고 했는데, 한국의 독자들과 글쓰기에 매진하고 있는 수많은 예비 작가들에게 글쓰기와 관련해서 해 주고 싶은 말은 무엇인지요?

파묵 책을 많이 읽고, 자신이 원하는 것을 쓰라고 말하고 싶습니다. 다른 사람 말을 듣지 말고, 자신을 믿으라고 말하고 싶습니다. 자신의 일상적 습관, 평범하고 중요하지 않는 것들을 무시하지 말고, 자신의 삶을 진지하게 여기라고 조언하고 싶습니다. 자신의 개성을 믿어야 하며, 다른 나라 사람들이 그 개성을 궁금해한다는 확신을 가져야 합니다. 나는 나의 삶에서 이러한 모든 경험을 했습니다. 나는 한 번도 이스탄불의 뒷골목, 이스탄불의 니샨타쉬가 관심을 끌지 못할 거야 하고 생각하지 않았습니다. 나는 내가 경험한 것들을 믿음을 가지고 썼고, 결국 모든 세계가 읽었습니다. 이는 모든 작가들에게 일어날 수 있는 일입니다.

우리는 이러한 대화를 나눈 후 저녁 식사를 하기 위해 보스포루스가 보이는 갈라타 다리에 위치한 식당으로 자리를 옮겼다. 파묵은 밴드를 부르더니 가수의 노래를 따라 하는 등 평소 별로 느끼지 못했던 쾌활한 모습도 보여 주었다. 나를 비롯한 한국 독자들에게는 잊지 못할 추억을 만든 멋진 밤이었다.

11

순수 박물관 개관식을 다녀와서

"진정한 박물관이란 '시간'이 '공간'으로 변하는 순간이다."

전 세계 독자들이 기대하며 기다렸던, 『순수 박물관』과 동명의 박물관이 2012년 4월 27일 세계 언론에 대대적으로 공개되었다. 중도에 포기하기는 했지만 오르한 파묵이 한때 건축학을 전공했다는 사실을 환기해야 할 것이다. 그는 어쩌면 젊은 날의 열정을 예순을 바라보는 나이에 다시 되살려, 작가로서의 소양과 건축가로서의 숨겨진 재능을 한꺼번에 풀었는지도 모른다.

『순수 박물관』은 자신의 인생을 지배한 연인(퓌순)에 대한 기억의 보관 장소로 박물관을 세우는 남자(케말)의 이야기이다. 더 자세히 설명하자면, 순수하고 열정적인 사랑과 그 기억을 영원히 추억하고자 그녀와 관련된 물건들을 모아 박물관을 세우고, 그 박물관에 전시된 물건들을 통해 그녀를 영원히 기리고자 하는 이야기이다.

이날 파묵은 로이터, AFP 통신 등 전 세계에서 모여든 140여

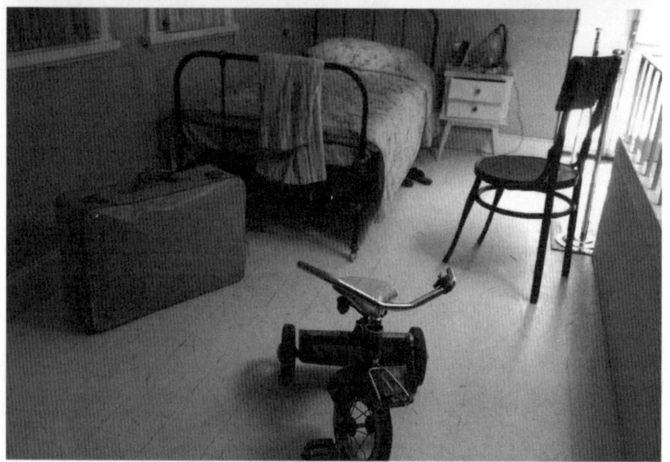

순수 박물관 내부에서 파묵.
미완성 상태인 상자들은 커튼으로 가려져 있다.(위)
순수 박물관 지붕 층. 케말의 침대, 여행 가방, 세발자전거.
침대 프레임에 케말의 파자마가 걸쳐져 있다.(아래)

개관 준비 과정에서 담배꽁초에 날짜를 기입하고 있는 파묵.(위)
순수 박물관 1층에 전시된 퓌순의 담배꽁초 앞에서 필자.(아래)

명의 기자들 앞에서 먼저 '순수 박물관' 설립 배경에 대해 소설과 연계시켜 자세히 설명했다. 그는 "우리의 일상생활은 고귀한 것이며, 이와 관련된 물건들을 보존해야 한다고 생각했습니다. 순수 박물관은 동명의 소설을 읽으면서 느꼈던 감동을 다시 되살릴 수 있도록 꾸며져 있습니다."라고 했다.

파묵은 작품을 쓰기 전에 이미 순수 박물관이 들어설 공간을 구입했으며, 자신이 직접 기획과 제작에 참여했다고 밝혔다. 소설을 쓰는 것만으로 그치지 않고, 작품의 배경이 된 곳을 직접 박물관이라는 구체적인 형태로 공간화하여 독자들이 상상의 산물을 실제로 만끽할 수 있는 콘텐츠를 제공해 주고 싶었다는 의도로 해석할 수 있을 것이다. 순수 박물관에는 소설 속 인물의 지극히 개인적이며 은밀한 기억들이 전시되고 있다.

순수 박물관은 소설의 각 장에 등장하는 오브제들이 하나의 상자 안에 들어 있는 형태로 구성되어 있다. 입구로 들어가자마자 바로 오른쪽에는 퓌순이 피운 담배공초 4,213개가 벽면 가득히 연도별, 날짜별로 전시되고, 바로 옆 벽면에는 담배를 피우는 퓌순의 다양한 감정을 상상할 수 있는 그녀의 손이 영상물로 만들어져 상영되고 있다. 왼쪽 계단으로 내려가게 되어 있는 지하층은 박물관 상점으로, 퓌순의 귀걸이이자 박물관의 로고인 나비 모양 귀걸이, 오브제 그림엽서, 각국어로 번역된 파묵의 작품들 등 다양한 상품들이 판매되고 있다. 이 지하층은 원래 그곳이 건물의 정원이었음을 알 수 있게 윗부분이 모두 유리로 되어 있어 하늘을 볼 수 있는 특이한 구조이다.

2층, 3층에는 각 장에 등장하는 오브제들이, 그리고 마지막

4층인 지붕 층에는 각국어로 번역된 『순수 박물관』(한국어판이 가장 눈에 띄는 중간에 전시되어 있어 얼마나 감격스러웠는지 모른다.)과 육필 원고, 그가 직접 그린 오브제들의 디자인이 가득히 전시되어 있다. 그리고 케말이 생활했던 공간과 침대(침대 프레임에는 소설에 등장하는 줄무늬 파자마가 걸쳐져 있다.), 세발자전거(소설을 읽은 독자들은 이 오브제가 왜 중요한지 알 것이다.), 그가 전 세계 박물관을 둘러보러 갈 때 가지고 갔던 여행 가방이 쓸쓸하게 놓여 있다. 소설을 읽고 이 지붕 층까지 올라온 관람객들은 전 생애를 걸쳐 한 여성을 사랑한 한 남자의 삶을 떠올리며 눈물을 글썽일 수밖에 없을 것이다. 예술적 상상이 현실로 창조되어 존재한다는 것에 놀라며, 가슴 아프게 느끼며…….

순수 박물관은 소설에서 영감을 받아 설립한 세계 최초의 소설 박물관이라는 점, 즉 허구가 실제로 변모했다는 점에서 의미가 지대하다고 할 수 있다. 박물관으로 탈바꿈한 이 건물은, 1897년에 건축된 3층으로 된 목조 건물로, 소설 구상 단계에서, 그러니까 1999년에 구입했다고 한다.

박물관에는 1950년~2000년 사이의 일상생활을 보여 주는 다양한 물건, 사진, 의상, 영상 들이 전시되어 있다. 물론 이 오브제들은 거의 모두 소설에 언급되는 것들이다. 이러한 의미에서 기자회견에서 파묵은 "공간보다는 오브제들이 더 부각"되었으면 한다는 바람을 피력했다.

기자회견이 끝난 후 파묵은 터키의 정취가 듬뿍 느껴지는 레스토랑 정원에서 터키 문광부 장관을 비롯 각계각층의 인사 400명가량이 참석한 칵테일, 디너 파티를 개최했다. 파티가 시작

순수 박물관 개관 다음 날 파묵이 주최한 보스포루스 크루즈에서 파묵과 필자.
(뒤로 동서양을 연결하는 보스포루스 다리가 보인다.)

되기 전에 파묵은 마이크 앞에 나가 『순수 박물관』에 나오는 음식들을 주로 준비했다고 하며 "오늘 초대된 손님들의 명단을 작성하는 일이 순수 박물관 개관 작업보다 힘들었습니다. 부디 맛있게 드시고, 일찍 돌아가지 마시고, 마음껏 즐기시길 바랍니다."라며 미소를 지었다. 그리고 그는 초대된 모든 손님들과 일일이 얘기를 나누었으며, 밤늦은 시간까지 즐거운 시간을 보냈다. 계속 서 있었더니 다리가 아프다며 내 옆에 와서 앉은 파묵에게, 성공적인 기자회견과 디너파티에 무척 감동받았다는 축하 인사를 보냈고, 내일 보스포루스 투어에서 만나기로 기약을 했다. 파묵이 다음 날인 4월 28일 오후, 해외에서 방문한 출판인과 언론인을 보스포루스 크루즈 디너에 초대했기 때문이었다.

요트에서 바라본 이스탄불은 어디에서도 보기 힘들 정도로 아름다웠다. 이 보스포루스 크루즈 디너, 기자회견, 다른 언론과의 인터뷰 그리고 순수 박물관 개관 및 향후 계획에 대해 그와 얘기를 나눌 수 있는 기회를 갖게 되었다.

이난아 소설과 동명의 박물관을 드디어 세계 언론에 공개했는데 기분이 어떤지요?

파묵 먼저 순수 박물관 개관에 먼 곳에서 참석해 주어서 감사합니다. 많은 시간을 들인 박물관을 드디어 공개해서 행복합니다. 막바지 준비를 했던 시기, 특히 2011년 봄에서 여름까지는 작가로서 한 줄도 쓰지 못했지만, 가장 행복한 시간이었습니다.

이난아 소설과 동명의 박물관을 건립하고자 하는 생각은 언제 하게 되었나요?

『순수 박물관』 51장,
「사랑하는 사람과 가까이 있는 것만이 행복이다」에 나오는 오브제들.

파묵 나는 항상 이스탄불에 박물관을 세우고 싶다고 생각했답니다. 소설 집필을 하기 전인 1999년에 지금의 순수 박물관 건물을 샀고요. 그리고 그 건물의 이웃들에게서, 벼룩시장 등에서 물건을 하나하나 사들이면서 동시에 소설을 써 나갔습니다.

나는 거대한 박물관이 아니라 우리 삶을 반영하는 '하우스 박물관'이라고 할 수 있는 소박한 박물관을 생각했습니다. 문학 행사를 위해 혹은 개인적으로 방문했던 다양한 국가에서 특히 뒷골목에 있는, 사람들의 발길이 드문 그런 작은 박물관에 관심이 간다는 걸 깨달았지요. 물론 나는 소설가이지만 이런 것을 기획해 보고 싶다는 생각을 조금씩 갖게 되었고, 드디어 실현되었네요.

하지만 발상이 좋다고 다 성공하는 것은 아니지요. 일례로, 의식의 흐름 기법을 처음 시도한 사람은 프랑스 작가 에두아르 뒤자르댕이었지만, 그리 성공적인 작품이 아니었지요. 제임스 조이스가 이 기법을 『율리시즈』에서 훌륭하게 적용해 세계 문학사에 남게 되었습니다. 중요한 건 최초의 발상이 아니라 그것을 성공적으로 잘 해내는 것입니다. 소설을 박물관으로 변모시키는 나의 작업이 세계 최초이기는 하지만, 이를 제대로 해내지 못하면 쓸모가 없다는 것을 알았기 때문에, 세심하게 최선을 다하려고 노력했습니다. 애초에는 소설 발간과 동시에 그러니까 2008년 8월에 개관할 예정이었지만 이제야 빛을 보게 되었네요. 한편으로는 내 마음속에 있던 '죽은 화가'(파묵은 청년기까지 화가가 되려 했다.)를 다시 끌어내고 싶은 생각에 이 박물관을 만들었다는 말도 하고 싶습니다.

이난아 세계 언론과 함께 박물관을 관람하면서 각 상자마다 번호가 있는 것을 봤는데, 전시 방식을 설명해 주신다면요?

파묵 소설 『순수 박물관』은 모두 83장으로 구성되어 있는데, 박물관에 있는 상자도 모두 83개입니다. 각 상자마다 소설 각 장의 이야기가 담겨 있지요. 맨 위 지붕 층에 올라가면 육필 원고가 있는데, 그 원고에서 각 상자에 들어갈 오브제들을 그려 놓은 걸 볼 수 있습니다. 소설을 쓰면서 각 장에서 전시할 오브제들을 함께 구상했고, 전시 방식도 그렇게 구상했습니다.

이난아 전시물들은 모두 어디에서 구한 거지요?

파묵 이 건물을 구입한 1999년부터 이 근처에 사는 사람들이나 벼룩시장에서 구해 모았고, 친구들과 우리 가족이 가지고 있던 물건들도 있습니다. 하지만 아직 그 장의 이야기에 적합한 물건을 찾지 못해 붉은색 커튼으로 가려 놓고 공개하지 못한 상자도 있습니다.

이난아 『순수 박물관』은 집착 어린 사랑을 다루고 있는데, 당신은 사랑이 무엇이라고 생각하나요?

파묵 네, 『순수 박물관』 중심에는 집착적인 사랑이 있습니다. 우리가 사랑에 빠졌을 때 우리 마음에 어떤 일이 일어나는지, 한 남자가 어떤 여자에 빠졌는데 그녀에게서 그 사랑에 대한 응답을 받지 못했을 때 그의 머릿속에는 어떤 생각들이 지나가는지를 설명하고 있지요. 이 주제는 인류 문명이 시작된 이래 지속되어 온 문제이고, 나 역시 사랑은 무엇인가 하는 이 영원한 질문을 오랫동안 생각해 왔습니다. 나뿐 아니라 모든 사람들에게 해당되는 문제지요. 그리고 인류가 지속되는 한 항상 관심을 가질

『순수 박물관』 28장, 「물건들이 주는 위로」에 나오는 오브제들.

것이고요. 또한 인간 존재의 가장 근본적인 주제이기도 합니다. 나는 이 소설에서 사랑과 박물관을 연관시키고 싶었습니다. 왜냐하면 이 둘은 어떤 것들을 간직하는 것과 관련되어 있기 때문이지요. 물건들은 우리에게 왜 이렇게 소중할까요? 왜 그것을 간직해서 이후의 세대에 전해 주고 싶은 걸까요? 이것이 바로 사랑의 바로미터가 아닐까요?

이난아 그런데 많은 사진들 중에서 퓌순과 케말은 보이지 않는데, 왜 그런지요?

파묵 소설 속 등장인물들의 얼굴은 이 박물관에서 볼 수 없습니다. 그들의 얼굴은 관람객의 상상에 맡기고 싶습니다.

이난아 『순수 박물관』을 읽지 않고 박물관을 방문하는 사람들도 관람하는 기쁨을 만끽할 수 있을까요?

파묵 소설을 읽고 박물관에 오면 아, 이 오브제가 소설의 어느 부분에서 나왔어, 이것은 그 물건이야 하고 말하겠지요. 하지만 한참 돌아다니다 보면, 소설에 나오는 오브제들을 추적하려는 것이 아니라, 이 박물관의 분위기를 느끼고 이곳의 시각적인 면을 이해하려 하게 될 것입니다. 내가 박물관에서 작업을 하고 있을 때 가끔 사람들이 찾아와서 둘러보는 일이 있었는데, 소설을 읽은 사람과 읽지 않은 사람의 차이가 얼마 지나지 않아 사라지는 걸 보았습니다. 소설을 읽지 않아도 관람하는 기쁨을 느낄 수 있을 겁니다. 물론 소설을 읽은 사람들은 또 다른 즐거움을 얻게 되고요. 소설을 읽지 않고 박물관을 둘러본 사람은 소설을 읽고 싶다는 욕구가 생기겠지요.

이난아 당신은 터키 문학사상 최초로 노벨 문학상을 수상했고, 작가로서 최고의 삶을 살고 있다고 생각되는데, 자신의 인생이 행복하다고 생각하는지요?

파묵 네, 그걸 『순수 박물관』의 케말처럼 '자랑스럽게' 말할 수는 없지만, 내 작품을 읽은 독자들은 내가 행복하게 살았다는 걸 알 겁니다. 그리고 오랜 세월 동안 구상하고 준비했던 박물관을 드디어 개관했기 때문에 행복합니다. 이 박물관이 잘될지 안 될지는 지금 생각하지 않습니다. 지금 이 순간을 즐기고 싶습니다.

이난아 향후의 계획은 어떤가요?

파묵 나는 지금 『내 머릿속의 기묘함』이라는 소설을 쓰고 있습니다. 지금까지 대략 200페이지 정도를 썼는데, 시골에서 이스탄불로 이주해서 판자촌에서 살아가는 남자의 이야기가 소설의 주요 골격입니다. 역시 이스탄불이 배경이지요. 앞으로 육 개월 안에 탈고하는 것이 나의 바람입니다.

『순수 박물관』은 한 남자가 44일 동안 사랑을 나눈 여자를 평생 동안 사랑하면서 그녀와 관련된 추억을 간직한 물건들을 모으고, 종국에는 그 물건들을 전시할 박물관을 만들고, 그 이야기를 소설로 쓴다는 내용이다. 케말이 퓌순과 관련된 물건을 수집하는 것은 그것들로 사랑의 고통을 달래고자 함이었다. 이러한 이유로 케말은 "한 여인을 너무나 사랑해서, 그녀의 머리카락과 손수건, 머리핀 등 그녀가 가졌던 모든 물건을 숨겨 놓고, 오랫동안 그것에서 위안을 찾았습니다." 하고 고백한다. 케말은 퓌순의 물건들을 간직하고 전시하여 사랑의 시간으로 거슬러 올라가고자 했던 것이다. 감정이나 사람이 아니라, 그 대상에게 속해 있던 물건을 통해 사랑을 증명하고 그것을 영원히 남기려 했던 것이다.

퓌순이 만지거나 소유한 물건은 케말을 위로하는 힘을 가지고 있었기에 그에게 중요했다. 소설의 결론 부분인 「사고 후」라는 장에 케말의 수집품 일부가 박물관이라는 실제적 공간에 모이는 과정이 자세하게 설명되고 있고, 독자들은 이제 그 실체를 볼 수 있게 되었다. 순수 박물관은 허구가 실제로 변모하는 파묵의 또 다른 창작물이다.

순수 박물관에 전시된 물건들에는 케말과 퓌순의 짧지만 긴 사랑에 관한 기억과 추억이 담겨 있지만, 한편으로는 당시 터키 이스탄불의 부유층을 비롯한 다양한 사람들이 공유했던 기억도 스며들어 있다는 것 역시 관람객들은 볼 수 있을 것이다. 그러니까 이스탄불의 사회상과 일상생활을 엿볼 수 있다는 사회학적 가치도 크다는 의미이다. 소설에서도 언급되었듯이 박물관은 순간들의 추억을 공간에 가두어 그 시간을 영원히 연장하고 싶어 하는 사람들의 장소이다. 케말 역시 퓌순과 공유했거나 퓌순의 체취가 묻은 물건들을 모아 박물관에 전시함으로써, 그녀와 함께하지 않는 순간에도 그들의 추억은 영원히 존재할 것이고, 그들의 사랑은 박물관에 전시된 물건들을 통해 우리에게 전이되고 기억될 것이다.

파묵은 소설가이지만 건축가 지망생으로서 순수 박물관을 건립하기 위해 전 세계 수많은 박물관을 관람했고, 박물관의 기획, 디자인, 전시물 들을 자신이 직접 선택 및 결정했다는 점에서 세계 최초로 또 다른 콘텐츠로의 확장을 시도했다. 상상이 현실로 존재하는 순간이다.

참고로 소설 2권 마지막 부분에 순수 박물관의 입장권이 포함돼 있어서 이 책을 가져가는 독자는 무료로 입장할 수 있다. 외국인 관람객 입장료가 15,000원 정도이니, 이스탄불을 방문하는 독자들은 소설을 꼭 챙겨 가길 바란다.

12

작가와의 교감이
번역에 미치는 영향

번역자가 작가의 작품을 이해하는 데 있어 필수적인 사항은 (물론 독자들에게도 해당된다.) 작가의 성장 과정, 그가 성장한 나라의 역사적 흐름, 작가가 처한 시대적 상황, 작품들의 경향 그리고 사상적 배경을 살펴보는 것이다. 또한 작가의 어떤 한 작품에 대하여 충실히 다가가기 위해서는 작품의 배경에 대한 이해와 작가의 의도를 살피는 것뿐만 아니라 작가가 실험하고 있는 스타일과 기법 그리고 그가 채택하고 있는 문학 사조에 대한 지식 또한 필요하다. 위에서 나열한 것들이 충족되었을 때 목표 언어에 더 정확하고, 심도 있는 번역이 이루어진다고 생각한다. 나의 경험을 바탕으로 이 부분에 대해 짚어 가고자 한다.

나는 오르한 파묵의 작품을 번역하면서 가능한 한 그 작품의 배경이 되는 지역과 장소를 탐사한다. 『눈』을 번역하다 배경이 된 카르스 시를 보지 않고는 그가 묘사한 장면, 건물, 신비로운 분위기를 파악할 수 없을 것 같은 마음이 들었다. 파묵 역시 소설을 집필할 때 카르스에 장기간 머물렀다는 것을 들어서 알고 있었기에, 나 역시 그곳을 방문했고, 그가 묵었던 호텔에 가고, 그가 자료 수집차 만났던 사람들도 만나는 행운을 얻게 되었다. 파묵이 『눈』을 집필하면서 머물렀던 호텔에 짐을 풀고 소설에 묘사된 주인공 카의 궤적을 따라 카르스를 여행했다. 이 여행을 감행하고서야 비로소 나는 소설 속의 처절한 분위기를 상상할 수 있었고, 가능한 한 그 느낌을 번역에 반영하고자 최선을 다했다. 번역하면서 눈 덮인 카르스에서 찍어 온 사진들을 보며 한동안 이 작품의 매력에서 벗어나지 못했던 기억이 난다. 이러한 경험은 번역하는 동안 '작품의 배경에 대한 이해'를 높이는 데 지대한 영향을 준다.

『검은 책』을 번역할 때는 파묵의 실험적이고 유희적인 일면을 보게 되었다. 이 소설은 파묵의 작품 중 가장 좋아하기는 하지만 실험적인 구성과 함께 여러 역사적인 이야기들이 많이 나와 번역 과정이 순탄치 않았다. 번역을 하다 보면 역사적 사실 혹은 연도에 약간 오류가 있는 경우가 있다. 이러한 내용들을 확인하기 위해 파묵에게 메일을 보냈는데, 나의 질문에 대한 답과 함께 재미있는 사실을 알게 되었다.

그 사실이란 다름 아닌, 소설의 제12장 「키스」에서 파묵은 일종의 글자 수수께끼인 아크로스틱을 적용하고 있다는 것이다. 아크로스틱은 보통 각 행의 머리글자를 이으면 말이 되는 시나 글을 의미한다. 「키스」의 각 문단의 첫 글자를 연결하면 파묵의 작품에 거의 매번 등장하는 '파묵 아파트'의 주소가 된다고 했

2008년, 이스탄불의 집필실에서 파묵과 필자.
순수 박물관에 전시될 오브제들이 보인다.

다. 나는 급히 원서를 꺼내 맞춰 보았다. 아, 정말, 신기하게도 파묵 가족의 아파트 주소가 맞았다. 물론 한국어판으로는 이를 확인할 수 없으니 독자들은 수고스럽게 책을 펼쳐 볼 필요는 없다.

노벨 문학상 수상 이후 출간된 『순수 박물관』을 번역할 때도 파묵으로부터 많은 도움을 받았다. 나는 책이 출판되기 수년 전부터 그가 작품을 쓰는 과정, 소설과 동명의 박물관에 전시될 물건들을 모으는 과정을 목격했고, 그의 집필실에서 아직 공개되지 않은 물건들을 보고 사진을 찍으며 소설 속 오브제들의 생명을 호흡했다. 이후 2010년 8월에는 파묵이 세계 최초로 한국 독자들과 함께 초대하여 거의 완공 상태에 이른 순수 박물관을 보여 주고, 소설과 관련지어 설명도 해 주었다. 이러한 활동들은 좋은 번역의 조건들 중 '번역 대상 텍스트를 집필한 작가와 같은 생각과 감정을 공유'한다는 점에서 중요하다고 할 수 있다.

나는 파묵이 이 소설을 집필할 때 헤이벨리 섬에 있는 여름 집필실을 방문한 적이 있다. 수십 개 언어로 번역된 파묵의 책을 비롯하여 수많은 책이 가득한 전망 좋은 그의 집필실 창문에는 "퓌순를 관찰해, 퓌순을 설명해!"라는 글귀가 커다랗게 붙어 있었다.

이후 겨울 집필실에 갔을 때는 책상 옆 메모판에 "순수의 순수를 잊지 마!", "항상 박물관의 물건들을 생각하며 써!", "귀걸이를 잊지 마, 귀걸이!", "자리에서 절대 일어나지 말고, 쉬지 말고 써, 자리에서, 책상에서 절대 일어나지 마!" 등등의 글귀가 무수하게 붙어 있었다. 파묵의 처절한 집필 스타일을 엿볼 수 있는 메모들이었다.

파묵의 작품을 번역하면서 느끼는 가장 큰 보람은, 작품이 출간되기 전에 누구보다도 먼저 읽어 보는 특권을 누리며, 처음 읽는 흥분과 순수한 감동을 체험하는 것이라 할 수 있다. 그리고 이러한 감동을 책이 출간되기 전에 파묵과 함께 나누는 것이라 할 수 있다. 『순수 박물관』을 읽고 느낀 감상은 번역과 이어지는 것이기 때문에, 번역할 당시 작품에 관한 나의 생각을 파묵에게 전달했다. 2008년 7월 24일, 아직 작품이 공식적으로 출간되기 전에 나에게 보내 준 『순수 박물관』 원고를 읽고 파묵에게 작품 속 구절을 예로 들면서 감동을 받았다는 메일을 썼고, 이에 대한 답장으로 파묵은 2008년 7월 25일에 다음과 같은 메일을 보내왔다.

> 난아 씨, 정말 고맙습니다. 나는 지금 파리에 와 있습니다. 이곳에서 새 작품 집필에 착수했습니다. 난아 씨가 이번 소설을 마음에 들어 하니 나로서는 행복하기 그지없습니다. 왜냐하면 난아 씨는 하고 싶은 말을 대놓고, 허심탄회하게 하는 사람이기 때문입니다. 만약 이번 내 작품을 좋아하지 않는다면 내 얼굴에 대고 "이 소설은 마음에 들지 않아요!"라고 말할 사람이지요……. 난아 씨가 그렇게 말하는 날은 제발 오지 않아야 할 텐데요.
>
> 오르한

그의 이런 글에서, 작가가 자신의 작품을 번역할 사람의 의견을 무척 염두에 두고 있다는 점이 드러난다. 특히 번역자와 작가가 서로 협력자임을 공감하면서 교감하는 좋은 사례 중의 하나이다.

FUSUN'U
GÖZLE
FUSUN'U
ANLAT

헤리벨리 섬에 있는 여름 집필실에 붙여 놓은 메모("퀴순을 관찰해, 퀴순을 설명해.")와 이스탄불에 있는 집필실 책상 옆에 있는 메모판.

『순수 박물관』을 번역하면서 느낀 점에 대해 메일을 보낸 적도 있다. 이 책에 연인을 간절히 보고 싶어 하는 주인공 남자의 심정을 묘사한 "추쿠르주마 비탈길을 내려갔다. 위장에는 점심때 먹은 음식, 목덜미에는 햇살, 머릿속에는 사랑, 영혼에는 조급함 그리고 가슴에는 아픔이 있었다."라는 문장이 있는데, 2009년 8월 29일에 나는 파묵에게 이 문장이 속수무책으로 사랑에 빠진 사람의 정신 상태를 아주 잘 표현한 멋진 묘사라고 썼다.

이에 대해 파묵은 2009년 8월 30일에 다음과 같은 짧은 답장을 보내왔다.

> 난아 씨, 나 역시 기억합니다, 그 문장을. 나도 나중에 읽고 '내가 이 문장을 어떻게 썼지?' 하고 놀랐답니다.
>
> 페테르부르크에서 오르한

작가의 이러한 재치는 번역자가 작품 번역에 지쳐 있을 때 활력을 불어넣어 주고, 더욱더 매진할 수 있는 용기를 준다. 또한 나는 2009년 9월 10일에 같은 작품의 69장 「때로」가 소설에서 가장 압권이 되는 부분들 중 한 곳이라는 의견을 보낸 적이 있었는데, 같은 날 예상 외의 답장이 왔다.

> 난아 씨, 그 부분에 대해서 설명할게요. 2008년 4월, 소설을 거의 다 집필한 때였답니다. 마지막 부분까지 모두 다 쓴 상태였지요. 조교인 엠레 그리고 편집자인 바하르와 함께 소설을 다시 읽

으며 오자 등 수정할 부분이 있나 검토하는 중이었지요. 출판인 대회 기조연설 때문에 곧 한국에 가야 했으니 시간이 별로 없었지요. 어느 날 이들과 함께 대화를 나누다가, "때로"로 시작하는 장이 머릿속에 있지만, 소설도 긴데 이 부분까지 쓰면 너무 길어질 것 같아 쓸까 말까 고민하고 있다고 했더니, 이 두 사람이 하도 "쓰세요, 쓰세요."라고 종용하는 바람에 이틀에 걸쳐 아침마다 일어나 4~5시간 만에 썼답니다. 전혀 수정도 하지 않고. 나도 지금, 아니 내가 그걸 어떻게 해냈지 하고 놀라고 있답니다. 하지만 전부 다 몇 년 동안 항상 머릿속에 담고, 생각하고 있었던 것이랍니다.

뉴욕에서 오르한

『고요한 집』의 최종 교정 단계까지 아무리 찾아도 알 수 없는 인명들이 있었다. 번역할 당시에도 이 부분을 해결할 수 없어 표시해 두었던 부분이었고, 편집자에게 검색해 달라고 부탁했지만 역시 찾을 수 없었던 것이다. 소설에는 실존 인물이 꽤 등장했기에, 이 부분도 그냥 넘어갈 수 없었고, 오역이나 실수를 범할 수도 있다는 우려에 파묵에게 다음과 같은 편지를 보냈다.

『고요한 집』 최종 교정본을 검토하다 한두 가지 해결할 수 없는 부분이 있어 편지 올립니다. 11장입니다. "모두 Delaheye에게서 도용했으면서도 (중략) Bourguignon을 읽지 않고는 이제 어떤 것도 말할 수 없소."

이 두 고유명사를 어느 자료에서도 찾을 수 없었습니다. 어쩌지요?

파묵의 답변은 다음과 같았다.

그게 진짜 이름이라고 한들 뭐가 달라질까요. 내가 프랑스 사상가들의 이름을 실제 그대로 쓰면 독자들은 그것에서 어떤 의미를 찾으려고 하겠지요……. 셀라하틴은 자신이 지식인이라 생각하는 인물이잖습니까. 그래서 그 순간 자신이 많이 아는 것처럼 보이려고 아무 이름이나 말한 거예요.

참, 그리고 나는 지금 곧 출간될 『고요한 집』의 영어본을 검토하고 있답니다. 약간 수정, 보완을 하고 있지요. 터키판에는 각 장에 제목이 없고 그냥 번호로 되어 있는데, 지금 장 제목을 첨가하는 작업도 하고 있습니다. 예를 들면 이런 제목입니다.

1장 레젭, 극장에 가다.

2장 파트마, 잠을 이루지 못하다.

등등…….

아직 다 결정하지는 못했습니다. 한국어판이 나올 때까지 완성하면 보내 주겠습니다. 그런데 한국어판이 곧 나온다고 하니 시간이 별로 없군요…….

위에서 예로 든 메일에서 번역자는 작가의 집필 방식, 집필 당시의 정신 상태, 현재 진행하고 있는 작업 등을 알게 되며, 이는 작가뿐만 아니라 작품을 이해하는 데 많은 도움이 된다. 작가와 직접 교감하다 보면, 위와 같은 사례들을 무수히 경험하게 된다. 이러한 경험들은 번역자가 작가와 작품을 더 깊이 이해하고 번역할 당시 감정이입을 하는 데 많은 도움을 줄 뿐 아니라, 독자들에게 이러한 교감이 고스란히 전달되는 긍정적인 효과를 거둘 수 있다.

나는 파묵의 메일을 받고 감격해서 눈물을 글썽인 적도 있다. 최근 나는 터키 문광부 장관으로부터 터키 문학을 한국에 활발하게 소개한 공로를 치하하는 감사패를 받았다. 이 사실을 파묵에게 알리고 그 기쁨을 공유하고자 하는 마음에 메일을 보냈고, 그는 곧 답장을 보내왔다.

> 난아 씨에게
>
> 정말 난아 씨가 꼭 받아 마땅할 만한 상을 받았군요.
>
> 난아 씨는 다른 나라의 번역가들처럼, 나의 유명세 때문에 내 작품을 번역하기 시작한 사람이 아닙니다. 그리고 나뿐만 아니라 많은 터키 작가들을 한국에 알린 주인공이지요.
>
> 난아 씨의 업적은 아주 특별하고, 이는 대단한 성공입니다.
>
> 내가 그 상을 받는 데 일조했다는 생각이 들어 커다란 자부심을 느낀답니다.
>
> 뉴욕에서 오르한

파묵의 이 메일을 받고 너무나 황공해 몸 둘 바를 몰랐다. 평소에 다른 터키 작가들을 통해, 파묵이 사석에서 내 칭찬을 많이 한다고 들었지만, 이런 메일을 받고 나니 실감이 났고, 더욱더 번역에 매진하여 파묵뿐만 아니라 다른 역량 있는 터키 작가들에게도 관심을 갖고 한국에 소개하는 일에 최선을 다해야겠다는 생각을 했다. 모든 문화는 상호 교환과 공존이 있을 때 그 빛을 발하는 것이며, 이로써 자국의 문화가 더욱더 풍성해지기 때문이다.

파묵과의 오랜 친분은 단적으로 말해 작가와 연구자, 번역자의 관계를 통해 맺어진 것이다. 번역할 때 발생하는 여러 문제와 의견 차이에 대해서 계속 토론하고 의견을 주고받는 과정에서 우리는 친해졌다. 나는 서로의 세계에 대해서 예의와 존경을 표하는 것이 사람과 사람 사이에서 최고의 신뢰를 만드는 방법이라고 생각한다.

파묵과의 만남에서 우리는 주로 문학이나 사적인 대화를 나눈다. 이러한 와중에 생긴 에피소드나 기억에 남아 있는 것들을 독자들과 공유하고 싶다.

내가 파묵을 처음 만난 것은 『새로운 인생』을 번역한 후였다. 물론 1997년에 번역하면서 가끔 전화와 팩스로 작품에 관한 의견을 나누었지만 첫 대면은 2000년도 초반 이스탄불에서였다. 당시 파묵은 이메일을 사용하지 않았고 전화도 거의 받지 않았기 때문에 우리는 팩스로 연락을 취했다. 덕분에 파묵이 친필로 써서 보낸 팩스를 소장하고 있으니, 지금에 와서는 이거야말로 '횡재'라는 생각을 한다. 당시에는 글로 써서 주고받는 게 불편하고 한편으로는 번거로웠지만, 결국 이런 흐뭇한 일이 생기다니 생각할수록 얼굴에 미소가 번진다.

한국어로 번역되어 출판될 『내 이름은 빨강』에 대해 '짧은' 추천 글을 부탁했을 때, 파묵은 다른 나라는 그런 관례가 거의 없는데, 한국은 왜 그런 걸 원하느냐고 물었다. 한국 정서상 독자들이 작가가 그 작품에 대해 어떻게 생각하는지 궁금해하고, 독자들에게 가까이 다가가기 위해 필요한 절차라고 과장되게 설명한 기억이 난다. 이에 대해 파묵은 이렇게 말했다.

"난 그 작품에 대해 짧은 글을 쓸 수 없습니다. 내가 그 소설에 대해 그렇게 짧게 언급할 수 있었다면, 무엇 때문에 그렇게 긴 장편소설을 썼겠소!"

명백하고도 타당한 거절이었다! 하지만 파묵은 몇 번에 걸친 나의 간곡한 부탁으로, 아래와 같은 추천의 글을 보내 주었다.

『내 이름은 빨강』은 인생과 예술, 사랑, 그림 그리고 다른 많은 것들에 대한 나의 생각을 담고 있는 소설입니다. 이 소설을 사랑하는 독자들 가운데 서양보다는 동양의 독자들이 슬픔을 깊이 통감하며 이해할 것이라 생각합니다. 그 슬픔이란 물론 서양의 예술 및 문화의 강한 영향으로 우리의 전통적인 시각 예술과 청각 예술, 창작 기법은 물론 감성까지 잃어 가고 있다는 사실에 대한 안타까움입니다. 이 소설은 이러한 깊은 슬픔과 인간적인 고뇌를 소재로 하고 있으며, 나는 한국 독자들도 이러한 슬픔을 가슴속에 지니고 있으리라 생각합니다.

(그런데 난아 씨는 내게 보낸 팩스에서 내 이름을 '오스만'이라고 썼더군요.)

이스탄불에서 오르한 파묵

'오스만'은 『내 이름은 빨강』의 등장인물인 화원장의 이름이었는데, 번역에 몰입한 나머지 오르한 파묵에게 오스만이라고 하는 결례를 범하고 말았다. 물론 나중에 전후 상황을 설명하고 미

FROM : ORHAN PAMUK TEL NO. : 90 212 2494 798 ARA. 19 2003 14:44 S1

To: NAN-A LE

From: ORHAN PAMUK - ISTANBUL

Benim Adım Kırmızı hayat, sanat, aşk, resim ve başka pek çok şey hakkında, kendimden pek çok şey koyduğum bir roman. Kitabın bir derdi var ki, bunu, kitabı çok seven Batılı okurdan çok, Doğulu okurun acısını için de hissederek daha derinden kavrayacağını biliyorum. O da tabii, Batı sanat ve kültürünün güçlü etkisiyle kendi geleneksel görme, duyma, müzik ve sanat yollarımızı, kendi duyarlığımızı kaybetmenin acısıdır... Bu kitap bu derin ve insani acıdan çok beslendi... Koreli okurun bu acıyı içinde hissedeceğini sanıyorum...

SON ANDA ADINI OSMAN

diye yazdınız...

sevgiler ORHAN.

『내 이름은 빨강』 한국어판 서문의 팩스 원문.

안하다는 말도 전했다.

파묵은 2005년에 서울 국제 문학 포럼 참석차 처음으로 한국을 방문했다. 이미 국내에 『새로운 인생』, 『내 이름은 빨강』, 『눈』이 번역되어 출간된 후였기에 국내 언론과 독자들의 관심도 적지 않았고, EBS의 문학 프로그램에서 당시 이 문학 포럼에 참석한 세계적인 작가들 중 '세계 문학의 거장들'이라는 부제하에 오에 겐자부로와 오르한 파묵을 특집으로 방영하기도 했다.

당시 파묵은 일주일간 한국에 체류했는데, 나는 한국어 전담 번역자이자 친구로서 이 기간 중 그의 모든 일정을 함께 소화했다. 그는 바다를 끼고 있는 도시인 이스탄불 출신답게, 한국도 반도 국가이니 바다를 보고 싶다고 해서 함께 강릉에 갔다. 강릉까지 가서 유적지를 거닐고, 바닷가에서 회도 먹고 소주도 마시고, 노래방까지 간 건 좋았는데, 돌아오는 길에 내가 그만 대형사고(!)를 저지르고 말았다.

강릉에서 서울로 돌아오는 차 안에서 파묵은 서울에 있는 동안 항상 옆에 들고 다녔던 가방을 열고 내게 공책 하나를 내밀었다.

"내가 요즘 쓰고 있는 소설 『순수 박물관』입니다. 난아 씨는 특히 내 소설의 첫 문장에 지대한 관심을 가지고 있지요? 지금까지 쓴 것들인데 읽어 보고 평을 좀 해 줘요."

세계적인 작가의 소설, 그것도 아직 출판되지 않은 소설의 초고를 본다는 영광과 흥분에 휩싸여 읽어 내려갔다.

"그때가 내 인생에서 가장 행복한 순간이었다는 것을 몰랐다. 알았더라면 그 행복을 지킬 수 있었고, 모든 것이 완전히 다르게

2005년 서울 국제 문학 포럼 참석차 방한했을 때 광화문 앞에서 파묵과 필자.

2005년 방한 시 강릉과 인사동에서 한국의 문화를 체험했던 파묵.

2005년 방한 시 서울의 한옥과 경복궁 돌담길 옆에서.

전개될 수 있었을까?"

소설은 이렇게 시작되었다. 그런데 그 순간은 왠지 이 첫 문장이 파묵의 다른 소설들의 첫 문장에 비해 대단히 기발하거나 창조적으로 다가오지 않았기 때문에 엉겁결에 이렇게 말하고 말았다.

"이거 어디선가 읽었거나 들은 문장 같아요!"

내가 왜 이런 말을 했을까? 내 인생에서 지워 버리고 싶은 순간이다. 파묵은 갑자기 내 손에 들려 있던 공책을 확 낚아채더니 거칠게 가방에 넣었다.

"난아 씨는 섬세한 작가의 영혼과 의욕을 짓밟는 사람이군요! 이 글을 어디서 읽었거나 들었는지 말해 봐요, 지금 당장! 이건 나만의 고유한! 내가 쓴! 문장입니다! 빨리 말해 봐요, 어디서 읽었는지, 아님 들었는지!"

"그게…… 저…… 어쩌면…… 영화에서 본 것도 같고……."

"그 영화 제목이 뭔가요?"

"기억이 잘……."

"이제부터는 내가 쓰고 있는 책을 난아 씨에게 절대 보여 주지 않을 겁니다!"

난 쥐구멍이라도 있으면 숨고 싶은 심정이었다. 그래서 그의 환심을 사려고 비굴하게 『순수 박물관』에 대해 이것저것 질문을 했다.

"쓸데없는 질문이군요! 중요하지도 않는 질문을 왜 하나요?"

우리의 대화는 서울까지 이렇게 이어졌다. 서울로 돌아오는 내내 파묵은 창밖만 내다보며 내 질문에 건성으로 대답했다. 저녁 늦은 시간에 파묵이 묵는 호텔에 도착했다. 나는 내내 고개를 들지 못하고, 내일 아침에 오겠다고 하면서 인사를 했다.

"잠깐만, 난아 씨, 이대로 기분이 우울한 상태로 집에 가면 안 되지요. 화해합시다. 내가 술한잔 살게요."

"네, 좋아요!"

내가 이렇게 빨리, 숨넘어가게 대답한 적은 아마도 그때가 처음이었을 것이다. 우리는 호텔 1층 바에서 칵테일은 마시며 여러 가지 얘기를 나눴다. 그 당시 나의 비굴한 모습을 한 번 더 공개하고자 한다.

"난아 씨는 어떤 작가를 가장 좋아해요?"

"오르한 파묵입니다!"

"아니, 나 말고 다른 작가 말입니다."

"아니요, 오르한 파묵의 작품이 제일 좋아요!"

"나 말고 다른 작가는 없어요?"

"나보코프요!"(파묵이 좋아하는 작가라는 것을 나는 이미 알고 있었다.)

"또 다른 작가는?"

"도스토예프스키!"(파묵이 터키에서 번역된 도스토예프스키 작품에 해설을 썼다는 것도 알고 있었다.)

파묵도 나의 의도를 알고 있었기에 호탕한 웃음으로 답했으며, 섬세한 작가의 영혼을 짓밟은 나의 실수는 이렇게 해서 약간은 가벼워진 것 같았다.

이 일화는 작가가 작품을 쓸 때 사소한 것에도 금세 상처를 입고, 아슬아슬한 감정 상태라는 것을 독자 여러분과 나누고 싶은 마음에 예로 들었다.

나의 간곡한 부탁으로 파묵은 귀국 후 한국에서 일주일을 보낸 인상기를 터키 유수 신문《사바흐》(2005년 6월 5일자)에 기고했다. 그 전문은 아래와 같다.

한국에 대한 인상이 어때요?

오르한 파묵

"한국에 대한 인상이 어때요?" "한국어가 어떻게 들리나요?"

한국 방문은 처음이었다. 인천 공항에 도착한 후 십 분이 지난 내게 이런 질문을 던지는 것을 보고 한국인들이 터키인들과 비슷하다고 생각했다. 한국인들도 터키인들처럼 다른 사람들이 자신들을 어떻게 생각하는지 무척 궁금해하는 것 같다. 한국에서도 정체성과 민족주의 위기에 대한 고민이 있는 듯하다. 하지만 이 고민은 터키처럼 격하거나 위험하거나 치명적이지 않다. 최근 이십 년 동안의 한국 경제의 기적이 정체성 고민이나 민족주의를 완화시켰고, 삶에 대해 우리보다 긍정적이며 관용적으로 바라보는 행복한 사람들로 만든 듯하다. 한국 지식인들, 문학인들은 세계적으로 유명한 작가들에게, 자신들이 세계에 충분히 알려지지 못했다고 불만을 토로한 후, 한국 작가들을 세계에 어떻게 알릴 수 있겠느냐고 묻기도 했다. 그러면서 아래와 같은 말을 할 수 있다는 데에 대해 자부심을 느끼는 것 같았다.

"우리나라는 1인당 국민 소득이 세계 12위인 부유한 나라입니다."

한국인들은 이러한 성공을 세계에 확인시키는 행복감을, 얼마 전 난치병에 걸린 사람들의 기관 세포를 재생할 수 있다는 실험에 성공한 한국인 과학자 황우석 박사로 인해 다시 한 번 맛보게 되었다. 미국의 부시 대통령이 인간 복제를 우려한다는 이유로 황우석 박사의 연구에 대해 불편한 심기를 드러냈을 때, 한국인들은 과학과 현실에 대한 열정 그리고 민족주의적인 감정으로 하나가 되었다. 한국 정부와 국민들은 부시의 이러한 발언에 대해 황우석 박사를 지지하고 격려했다고 한다.

내가 참석한 서울 국제 문학 포럼에서 언급되었던 다른 하나는 일본이 한국에 사과하는 문제와 관련된 것이었다. 제2차 세계대전 당시 일본이 한국과 중국을 상대로 한 가혹 행위는 쉽게 잊힐 만한 것이 아니었다. 한국 여성을 종군위안부로 데리고 가 일본 군인들의 성적 노예로 취급한 것 등의 잔악함을 포함한 과거의 학대를 기억하고 있으며, 최근 양국 사이에 긴장이 감돌고 있다는 것은 전 세계가 알고 있는 사실이다. 이 문학 포럼에 참가한 일본 작가 오에 겐자부로는 자기 나라가 과거에 행한 이 잔악한 행위에 대해 사과를 해야 한다고 생각하는 사람이며, 이것이 민주적인 행동의 일부라는 것을 진심으로, 온화하게, 우호적으로 말했다. 하지만 자기 나라의 급진 민족주의자들과 보수주의 정치인들에 대해 언급할 때는 위와 같은 온화한 모습이 아니었다.

'일본은 절대 악행을 행하지 않고, 악행을 저질렀다 하더라도 이를 받아들이거나 사과하지 않는다.'라는 관점을 가지고 있는 일본의 '민족주의자' 정치인들과 언론 관계자들이 그의 심기를 불편하게 한 것이 확연했다. 그럼에도 불구하고 한국과 일본에서 과거의 죄악을 언급하는 방식이 터키와 중동에서의 방식보다 더 유연하고 인간적이라고 느꼈다.

한국이 과거에 대해 관용적이며, 신뢰감 있게 바라볼 수 있는 이유는 어쩌면 최근 전 세계를 놀라게 하고 있는 부유함과 관련이 있는 것 같다. 나는 서울에서 이 세상 어디에서도 보지 못했던 휘황찬란한 건물들(멋진 감각으로 치장된 건물들이었다.), 호텔 로비들(세계에서 가장 멋진 엘리베이터들은 서울에 있다.)과 서점을 보았다. 아찔할 정도의 부유함과 경제성장으로 인해 하루에 열두 시간 일한다는 즐거움에 대해 언급하는 사람들, 일 때문에 남편의 얼굴을 마음껏 보지 못해 외로움을 느낀다고 불평하는 여성들 혹은 자신의 유일한 즐거움은 토요일 오후 사람들로 꽉 찬 격납고처럼 넓은 서점에서 돌아다니는 것이라고 말하는 사람들과 만났다. 유명 브랜드 상점들이 줄지어 서 있는 서울의 넓고 호화로운 거리에서 불우한 사람들에게 음식을 나누어 주는 장소와 줄지어 서 있는 사람들도 보았다. 하지만 한국의 빈부 차이는 터키보다 심하지 않은 것이 분명하다.

서울 국제 문학 포럼에 초청된 작가들, 그러니까 내가 보았던 그 커다란 서점에서 책이 팔리고 있는 세계적으로 유명한 작가들은, 이러한 세미나에서 내가 항상 목격했던 것처럼, 우울함과 외로움에 묻혀 호텔 식당에서 혼자 아침 식사를 한다. 포스트모던과 실험적인 소설로 세계적으로 유명하며, 내가 존경하는 작가들 중 한 명인 로버트 쿠버와 함께 모닝커피를 마시며 정담을 나누었다. 하지만 우리의 대화 주제는 포스트모더니즘이 아니라, 쿠버가 1954년 미국 해군으로 근무하고 있을 때 제6함대를 타고 들렀던 이즈미르(터키 에게 해에 있는 도시)에서 친구들과 함께 나섰던 멧돼지 사냥이었다.

한국의 실제 심각한 문제는 북한이다. 기아에 허덕이며, 세상과 단절된 그 이상한 독재국가는 핵을 보유하고 있다고 만천하에 밝히며, 마치 손에 들고 있는 무기로 자기 자신과 모두를 죽이겠다고 위협하는 문제 많은 형제처럼 우리 모두를 두렵게 하고 있다. 이러한 위험을 관찰하기 위해 다른 작가들은 판문점으로 갔지만 나는 그 대열에 함께하지 않았다. 대신 내 소설의 한국어 번역자이자 친구인 이난아 씨 그리고 친구들과 함께 동해로 갔다. 바닷가에서 미역국과 회와 소라를 먹으며 소주도 마시고 노래방도 갔다. 나의 이모부가 한국전쟁에 참전했고, 이모부의 한국 관련 이야기를 들으며 어린 시절을 보냈기 때문에 한국은 내게 그리고 우리 터키인들에게 항상 가까운 나라로 여겨졌다. 한국에서도 터키에서처럼 토끼 이빨을 한 귀여운 꼬마들이 키가 큰 외국인이 지나가면 "헬로, 헬로!"라고 소리친 후, 자기들끼리 얼굴을 마주 보며 깔깔거리고 웃었다.

2012년 1월에 나는 파묵의 집필실을 방문했다. 당시 파묵은 『순수 박물관』의 오브제들을 모아 사진집으로 출간할 준비를 하고 있었기에, 함께 책의 표지가 될 사진을 골랐다. 다행히 우리는 같은 사진을 마음에 들어 했다. 소설에 언급되어 있으며, 순수 박물관에 전시되어 있는 오브제들을 찍은 후 오브제 밑에 새로운 설명을 단, 『순수 박물관』의 또 다른 연장선의 작품이었다.

함께 식사를 하며 최근 집필하고 있는 소설 『내 머릿속의 기묘함』에 대해 의견을 나누다가, 내가 지금 여러분들 손에 들려 있는 책의 마무리 단계에 와 있다고 했더니 꼭 책에 넣으라며 이 작품의 육필 원고를 건네줬다. 내 얼굴도 그려서…….

여담이지만 파묵은 나처럼 이것저것 부탁하는 번역자는 전 세계에 아무도 없다고 했다. 내가 자신과 관련된 책 집필을 몇 년 전부터 준비하고 있는 것을 아는 터라 도와주는 마음으로 해 주는 거라는 걸 알고 있다. 나의 이러한 부탁들 중 가장 최근에 성사된 것은 2010년에 민음사가 주최했던 '오르한 파묵 문학 기행'이었다. 독자들과 나는 이스탄불에서 파묵의 인도와 설명 하에 순수 박물관을 견학하고, 파묵 집필실에도 가고, 바닷가 식당에서 저녁 식사도 함께 하는 등 잊지 못할 추억을 만들었다.

대학에서 오르한 파묵 강의를 하면서 그의 작품 중에 독자들의 사랑을 가장 많이 받고 있는 『내 이름은 빨강』을 텍스트로 삼은 적이 있었다. 학생들과 이 책을 함께 독해하면서 가장 가슴에 와 닿는 구절이나 문장에 대해 토론을 한 적이 있다. 이후 강의에 대한 설명과 함께 내가 좋아하는 구절을 파묵에게 메일로 보냈다.

만약 당신들이 세밀화를 그리거나 예술 창작을 하면서 실망감을 맛보고 싶지 않다면, 그것을 직업으로 삼을 생각은 버려야 한다. 당신들이 타고난 재주가 얼마나 뛰어난지는 몰라도, 부와 명예는 다른 곳에서 찾는 게 좋을 것이다. 재능과 노고에 대해 충분한 대가를 받지 못한다는 이유로 예술에 등을 돌리는 일이 없도록

lerken, yatak odasının (aslında iki odaydı bütün daire) per
delerini çekerler ve odayı sevişmeye hazırlarlardı. Mevlut, dondurma
eşyalarını, tek tek yerlerine bıraktıktan sonra bütün akşam

taktığı beyaz önlüğü bir kenara atardı. İlk gecelerin birinde,
akşamın hasılatını koyduğu yan cebindeki paraları saymasını
Rayiha'ya söylemiş, o da bunu ciddiyetle yapmıştı. Onalan son
ra bu da Mevlut'u mutlu eden bir başka alışkanlık olmuştu

sayfayı yırt – yeniden yaz.

BÖLÜM SONUNA KADAR PLAN

- akşam sevişme
- Genel sevişme: Kısmet: Beyaz İşık.

Nana'dan ilhamla

Kafamda bir Tuhaflık'tan yarıda kalmış bir sayfa

Orhan Pamuk

현재 집필 중인 『내 머릿속의 기묘함』의 육필 원고와 파묵이 그린 필자의 얼굴.

하기 위해서는 말이다.

답장을 기대하고 쓴 것은 아니었지만 다음 날 아래와 같은 메일이 왔다.

> 흠…… 난아 씨는 꽤 이상주의자군요. 만약 내게 묻는다면 "저는 그저 한 그루의 나무이기보다는 어떤 의미가 되고 싶습니다."를 택했을 것 같은데요…….

그야말로 파묵의 작가로서의 욕망과 정체성을 가장 잘 나타내는 구절이다. 『내 이름은 빨강』에서 「저는 한 그루 나무입니다」 장을 읽어 보면, 나무가 왜 이런 말을 하는지 알게 된다. 파묵이 그저 이 말이 뭔가 의미심장하고 멋져 보이기 때문에 선택한 것이 아니라는 것을. 나는 파묵과 주고받은 수백 번의 메일을 통해 작가로서의 파묵과 희로애락을 가진 한 인간으로서의 파묵을 알게 되는 또 다른 기쁨을 얻었다.

2008년 한국에서 개최된 '세계 출판인 대회' 기조연설차 한국을 방문했을 때 우리 집으로 초대해 다른 터키 출판인과 함께 와인을 마신 적이 있다. 파묵은 들어오자마자 서재가 어디 있는지를 물었다.(나 역시 파묵의 집필실에 갈 때마다 지금 그가 읽고 있는 책이 무엇인지 점검하고 메모하는 습관이 있다.) 서재 문을 열어 주자 책장에 꽂혀 있는 책들을 한동안 둘러보더니 몇 가지 질문을 하면서 종이와 연필을 달라고 했다. 그리고 내가 꼭 읽었으면 하는 책과 작가 목록을 적어 주었다. 일례로 프랑코 모레티의 모든 작품 특히 『근대의 서사시』는 필독서라고 하면서, 한국어로 번역되어 나왔는지 물었다. 그리고 내가 소장하고 있지 않는 책을 확인하더니, 파묵도 잘 알고 있는 터키 출판사에 연락해서 보내 주게끔 처리해 주었다. 번역을 잘하는 것도 중요하지만 세계 문학의 흐름 역시 파악하고 있어야 한다는 말을 덧붙이면서, 번역만 하는 사람이 아니라 문학 강의도 하는 사람으로서 문학 이론에 대해 단단히 무장하라는 것도 힘주어 말했다.

파묵의 작품들을 번역하여 출간되었을 때 파묵의 전담 번역자인 나로서는 그 작품의 판매 부수보다도 더 관심이 가는 부분이 있다. 그건 다름 아닌 '이상적인 독자'들의 반응이다. 여기서 말하는 이상적인 독자들이란 물론 작품의 숨은 의미까지 캐내고, 문학성을 정밀하게 해석할 수 있는 사람이다. 이상적인 독자는 전문 비평가라고 할 수도 있지만, 반드시 그렇지만은 않다. 전방에 나서지는 않지만, 숨어 있는 훌륭한 일반 독자들이 있기 때문이며, 나는 감히 이들을 문학 전문가 카테고리 안에 넣고 싶다. 진정한 문학 작품은 작가와 독자가 소통을 할 때 빛을 발한다는 점을 다시 한 번 환기하고자 한다.

하지만 몇몇 이상적인 독자들을 제외하고는 안타깝게도 많은 한국 독자들이 파묵의 작품을 난해하게 여기고 있다는 것을 알게 되었다. 이런 경우, 일단 '내 번역에 문제가 있는 건 아닐까?'에서부터 시작해 '터키 내에서도 난해하기로 유명한 작가니까 내 탓만은 아닐 거야.'라고 씁쓸하게 받아들이기도 한다. 왜냐하면 파묵은 터키 내에서 '가장 많이 팔리지만, 가장 읽히지 않는 작가(!)'라는 평가를 받는 것 역시 사실이기 때문이다. 파묵은 이에 대해 “항상 그렇게들 말하지요. 나도 물론 그 말을 들었습니다. 하지만 절대 그걸 측정할 수는 없지요. 하지만 한편으로는 읽히지 않는 작가의 작품이 팔린다는 것 또한 믿을 수 없습니다. 왜 다른 책에 대해서는 그런 말을 하지 않지요? 다른 책도 팔리지만 읽히지 않을 수도 있잖습니까? 나의 작품에 대한 그런 비평은 일반적으로 내가 탐탁지 않은 정치적 발언을 했을 때 거론되더군요.”라고 잘라 말한다. 그러고는 이렇게 덧붙인다. “날 진정으로 불편하게 만드는 것은 내 작품을 읽지 않은 사람이 아니라, 읽고도 이해하지 못한다고 말하는 사람들입니다. 이러한 독자들이 때로 날 속상하게 하기도 합니다.”

파묵은 지금까지 흥미로우면서 무겁고, 또 다른 시공을 다루면서도 시대정신을 반영하고, 고유성을 유지하면서도 세계적인 공통 관심사를 주제로 한 수준 높은 문학 작품들을 발표해 왔다. 그러한 작품들만이 시대의 변화를 감지하고 미로 속에서 출구를 찾아 전진할 수 있으며, 새로운 시대에 맞는 새로운 양식의 문학을 산출해 낼 수 있다고 믿기 때문일 것이다.

파묵이 소설을 쓰는 이유는 세계 모든 곳에서 읽히는 ‘고급’ 문학을, 좋은 문학 작품을 창작하기 위해서다. 그리고 종국에 파묵이 진정으로 바라는 것은 자신의 작품이 많이 읽히는 것이다. 이는 문학의 보편성과 관련이 있다. 좋은 작품을 쓰면 많이 읽힐 것이라는 것이 그의 생각이다.

13

오르한 파묵과 이스탄불

터키는 지금도 동양과 서양을 연결하는 지형적 특징으로 대륙과 문명과 역사를 잇는 중요한 길목이며, 네 개의 바다(에게 해, 지중해, 마르마라 해, 흑해)로 둘러싸여 있는 자연환경 덕분에 동서양 문화의 다리 역할을 하고 있다. 그렇기 때문에 터키 하면 떠오르는 도시는 단연 이스탄불이다. 이스탄불은 아시아 대륙과 유럽 대륙 사이 즉, 두 개의 대륙에 속해 있는 세계 유일의 도시이며, 그 도시의 중심을 지나는 보스포루스 해는 흑해, 마르마라 해, 골든 혼 만(灣)으로 이어져 있다.

역사에 관해 약간이라도 관심이 있는 사람이라면 누구나 알고 있듯 이스탄불은 동로마 제국과 오스만 제국의 수도였던 도시다. 이 때문에 이스탄불에는 과거의 찬란하고 영화로웠던 유산이 도시 전체에 일상적인 모습으로 산재해 있으며, 대제국의 수도였던 명예와 더불어 시간이 선사한 존엄하고 경건한 기품이 도시 전체에 깃들어 있다. 이 때문에 역사학자 토인비는 이스탄불을 일컬어 '인류 문명이 살아 있는 거대한 옥외 박물관'이라고 했을 것이다. 토인비의 이 말은 이스탄불 묘사하는 가장 적절한 표현이라고 생각한다.

이스탄불은 전략적 요충지였기 때문에 무역과 상업의 중심지였으며, 이는 현재도 변함이 없다. 오스만 제국은 유럽의 요람인 콘스탄티노플을 점령한 후(1453년) 수많은 모스크와 궁전을 세웠는데 이는 이스탄불을 방문하는 사람들의 눈을 현혹하기에 충분하다. 이로써 이스탄불은 동서양의 조화로움이 가득 넘치는 독특한 문화를 일구어 나갔다.

오르한 파묵을 알기 위해서는 무엇보다도 이스탄불을 이해하고 느껴야만 한다. 파묵이 이스탄불에서 태어나 자랐으며, 그의 작품이 이스탄불을 배경으로 하고 있기 때문만은 아니다. 우리는 한 작가의 본질과 정체성을 통해 작품에 더 가까이 다가갈 수 있으며 작가가 느낀 내밀한 감정과 비밀스러운 영감의 정체를 공유할 수 있다. 전 세계 많은 비평가들의 평가대로, 파묵 본인도 당당하게 인정하고 스스로 자긍심을 가지고 토로한 대로, 이스탄불은 파묵이라는 작가로서의 정체성에 있어서 가장 큰 심연이며 근원이다.

이렇듯 파묵의 모든 작품을 이해하는 데 있어 가장 중요한 키워드는 다름 아닌 도시 '이스탄불'이다. 이스탄불의 모든 유적과 장소는 파묵의 작품에 등장하는 인물들이 거닐고, 바라보고, 감정을 이입했던 공간들이다.

이스탄불에서 태어나고 자랐으며, 현재까지 이 도시에서 살고

오르한 파묵의 집필실에서 보이는 이스탄불 전경.

있는 파묵 역시 자신에게 있어 이스탄불은 떼려야 뗄 수 없는 관계임을 산문집 『다른 색들』에서 다음과 같이 밝히고 있다.

> 사람들은 상대방에게서 무엇인가를 알려고 할 때 항상 '기원'을 묻곤 한다. 내게 있어 이는 별로 중요하지 않다. 나의 삶을 이야기하라고 한다면 "나는 사십 년 전에 이스탄불에서 태어났습니다."라고 대답하지 않을 것이다. "나는 이스탄불에서 살며 여기서 글을 쓰고 있습니다."라고 대답할 것이다. 더 자세히 말한다면, 나는 책상 앞에 앉아서 글을 쓰고, 이스탄불 거리를 걷는다. (중략) 도시의 거리에서 걷고, 도시의 삶을 호흡하고 글을 쓰는 것. 이것이 나의 낙관적인 사고이다.

이방인의 관점으로 이스탄불이라는 도시를 바라보는 것은 빙하의 탄생과 기원을 모른 채 단지 표면만을 통해 상상으로 연구하는 것과 같다고 비유할 수 있다. 우리는 이스탄불에 남겨진 문명과 문화의 거대한 흔적을 통해 역사상 가장 강력하고, 찬란한 문화를 꽃피운 제국들의 문명을 상상할 수 있다. 찬란했던 과거를 증명해 주는 유적과 유물은 이제 남루하고 쇠퇴한 현실과 대비된다. 파묵의 말대로 이스탄불에서 살아가는 모든 사람은 그러한 자신의 현실을 끊임없이 자신의 주변에 남아 있는 폐허의 흔적을 통해 확인하고 각인한다. 상상할 것도 없이 과거는 지금의 피폐한 현실로 남았다.

우리는 이스탄불이라는 도시를 통해, 인간이 한 공간에 대해 바칠 수 있는 최대한의 휘황찬란한 상상이 가장 잔인하고도 슬픈 간극으로 괴리될 수 있다는 것을 확인할 수 있다. 즉, 세계의 수도였던 이스탄불이라는 도시는 역사의 기괴한 뒤틀림으로 인해 어떻게 방치와 무관심과 변방으로 전락했는지를 보여 주는 하나의 극명한 사례가 된다. 이스탄불 속에서 살아가는 사람들은 호흡하는 공기를 통해, 발걸음이 닿는 대지를 통해 이 모든 비애를 체감한다. 파묵의 영혼은 바로 이러한 이스탄불의 내면적인 슬픔의 결정체라고 할 수 있다. 그는 이스탄불을 살아가면서 끊임없이 이스탄불에 대해서 말하고자 작품을 쓰고 있는 것이다.

그렇다, 이스탄불은 지금 남아 있는 흔적의 역사를 통해 상상할 수 있는 권리를 우리에게 부여해 주었다. 하지만 그 권리에는 모든 상상의 권리를 유린하는 현실의 피폐와 혼란이라는 치명적인 모순이 담겨 있다. 역사상 가장 거대했던 제국의 중심부였으며 세계의 수도였던 도시를, 수천 년 동안 지구의 중심이자 문화와 종교와 문명의 중심지였던 하나의 공간을, 그리고 그 공간이 이스탄불이라는 비애로 가득 찬 창백한 현실로 우리 눈앞에 현현한 것을 상상해 보자.

수천 년 전 제국의 위용을 드러내었던 거대한 성벽들의 잔해는 지금 허름한 주차장의 담벼락으로 쓰이거나 놀이터의 담으로 방치되어 있고, 수백 년 동안 치열했던 전쟁 속에서도 아름다움을 잃지 않았던 건물들은 하찮고 형편없는 그래피티들로 더럽혀져 있으며, 귀족들과 왕족들의 여름 별장이거나 주거용 주택이었던 예술적이고도 고고한 목조 건물들은 새까맣게 더렵혀진 채 완전히 방치되어 도시의 흉물로 전락해 버렸다. 하지만 과거 오스만 제국의 자존심과 명예를 가슴에 품고 있는 민족은, 과거의 가난과 정치적 혼란과 기약 없는 미래에서 벗어나 점차 다시 활기를 띠고 있다.

파묵은 어린 시절과 성장기, 이스탄불의 과거와 현재, 일상사와 가족들에 대한 이야기, 이스탄불과 자신과의 관계, 작가로서의 탄생까지의 추억을 『이스탄불 — 도시 그그리고 추억』이라는 자전 에세이에 담았다. 이 책에서 파묵은 이스탄불의 전체적인 분위기를 '비애'라고 정의했다. 현재 터키의 상황과 이스탄불의 현실은 과거의 찬란하고 위대했던 흔적들에 짓눌려 불투명하고 어둡다. 작가 오르한 파묵은 이러한 도시에서 태어나 성장했으며 변방으로 전락한 도시 속의 모든 것들을 통해 자신의 작품을 써 내려간다. 이 근원적 배경은 작품 속의 여러 요소들을 뛰어넘는 영향력으로 작품 전체의 분위기, 작가의 운명을 좌우한다. 그러므로 우리가 파묵의 작품에서 느끼게 되는 오래되어 허물어져 가는 뒷골목의 슬프고 가슴 아린 정서는 이미 정해져 있던 태생적인 숙명에서 비롯된 것임을 알 수 있다.

이스탄불에 대해 상상할 때마다 나는 앞에서 열거한 단어들이 이스탄불이라는 시공간 속으로 압축되어 구체화되는 걸 느낀다. 이스탄불이라는 고유명사는 내게 '상상하다'라는 동사로 다가온다. 나아가 '상상해야만 한다'라는 사명감과 슬픔을 느끼게 한다. 상상은 그러나 지금 나에게(그리고 우리에게) 거대한 혼돈으로 남겨져 있다. 이스탄불은 파묵이 말한 대로 한때 세계의 중심이었으나, 지금은 전락한 '변방'이며, 피폐와 우울과 쇠락으로 가득 찬 미로 같은 도시이기 때문이다.

시간은 문명을 지워 놓고 희미한 흔적을 통해 상상할 수 있는 권리만을 남겨 둔다. 개인이라는 인간의 역사로 가늠할 수 없는 시간의 거대한 가치와 깊이를 우리가 어떻게 다 헤아릴 수 있을까. 하지만 연속적으로 이어지는 인류 역사의 찰나를 경험하기 위해서 우리는 파묵의 영혼이 담긴 작품을 읽는 것으로 이스탄불이라는 도시에 쌓인 시간의 나이테를 가늠하며 이스탄불을 간접적으로 만날 수 있을 것이다.

14

우리 모두는 마음속에 하나의 여행 가방을 가지고 있다

노벨 문학상 수상 연설문 「아버지의 여행 가방」

2006년 노벨 문학상 수상자로 오르한 파묵을 선정했다는 소식을 뉴스에서 접하던 순간의 감격은 평생 결코 잊지 못할 사건으로 남을 것이다.

매년 노벨 문학상 발표를 앞두고 전 세계 언론들은 파묵의 이름을 꼽아 왔고, 나 역시 그가 전 세계적으로 권위 있는 문학상을 두루 수상해 왔던 차에, 마지막으로 받을 상은 노벨 문학상밖에 없을 것이라고, 또 시간문제라고 늘 기대는 걸어 두고 있었다. 그러나 매년 그 기대가 물거품으로 끝나기를 수차례 겪다 보니, 2006년 역시 언론들은 앞 다투어 파묵을 요란히 거명할 테지만, 결국에 노벨 문학상은 그를 빗겨 가리라 예단했다. 사실 그가 구미 중심의 세계 문학계에서 변방 국가, 그것도 이슬람권 작가란 점과 그가 이렇게 큰 상을 받기에는 비교적 젊은 나이라는 점 등을 따져 볼 때 시간이 좀 더 흘러야 하겠지 하는 생각에서 큰 기대를 걸지 않고 있었다. 이런 나의 예상이 빗나감으로 해서 아마도 그 감격이 더 컸을 것이다.

그의 작품들을 연구하고 국내에 독점적으로 번역 소개해 오며, 그러는 사이에 수차례의 만남을 이어 오고, 수시로 서신과 전화로 교류를 해 온 지난 십수 년 동안, 나의 마음은 그의 탁월한 작품성과 투철한 작가 정신을 목격하면서 경외를 뛰어 넘는 존경심으로 진전되는 과정을 겪었다. 이러한 사연으로 나 역시 노벨 문학상 수상 발표에 작가 본인이 느꼈을 감격에 버금가는 기쁨을 느꼈다.

'바늘로 우물을 파듯' 혼신을 다하여 집필하는 그의 치열한 작가 정신을 수차례 만남을 통해 실제로 느꼈고, 발표할 때마다 새로운 소설 형식과 기법을 창안하여 문학적 성과를 높인 그의 작품을 연구하면서 노벨 문학상 수상 자격은 전혀 의심하지 않았다. 또한 현재 수십 개 언어로 작품이 번역되어 전 세계에 수많은 독자들을 가지고 있는 대중적 성공 또한 그의 노벨 문학상 수상이 우연이 아님을 말해 준다. 최근 파묵은 영국《가디언》과의 인터뷰에서 "문학은 내게 있어 약과 같은 존재다. 하루에 필요한 양을 복용하지 못하면 나 자신이 반쯤 죽은 사람으로 느껴진다."라고 말한 바 있다. 이 역시 그가 문학에 얼마나 집착하고 있는지를 그대로 드러내는 발언이다.

그의 수상 소식이 전해진 후 국내의 여러 언론과 잡지로부터 청탁받은 작가 소개 원고와 인터뷰에 덧붙일 요량으로, 그에게 보낸 수상 축하 메일의 말미에 한국 독자들에게 소감 한마디만 보내 주십사 부탁을 했다. 수상자 발표 직후 무척이나 바쁜 일정을 쪼개서 파묵은 "한국은 동양의 나라들 중 내 작품이 가장 먼저 가장 많이 알려졌고, 가장 사랑받고, 가장 많이 읽히는 나라입니다. 한국 독자들에게 진심으로 감사드립니다. 내 작품에서 많은 즐거움을 얻으시길 바랍니다."라는 짧지만, 한국 독자들에 대한 지극한 관심이 담긴 글을 보내 주었다.

터키 언론에서는 파묵의 노벨 문학상 수상과 관련하여 그의 정치적 행보, 즉 전에 스위스 언론과의 인터뷰에서 언급했던 아르메니아인과 쿠르드 족 학살 발언이 수상에 영향을 미쳤을 것이라는 식의 보도가 나오기도 했다. 정치인들 중 민족주의 행동당(MHP)의 부총재 메흐메트 샨드르는 "나는 노벨 문학상 선정 위원회를 질타한다. 오르한 파묵이 상을 거부하지 않으면, 그의 터키 국적을 박탈해야 한다."라며 불만을 표시했다. 반면에 터키 문광부 장관 아틸라 코치는 "나는 아주 행복하다. 터키 문학인이 터키어로 쓴 작품이 받은 상을 기쁘게 받아들인다. 혹자는 터키의 해외 홍보를 위해 좋은 일이라고 하지만, 난 이 문제를 그렇게 계산적으로 평가하지 않는다. 내게 있어 중요한 것은 터키어로 작품 활동을 하는 작가가 노벨 문학상을 받았다는 사실이다."라며 뜨거운 찬사를 보냈다.

파묵의 수상과 관련해서 터키 언론의 보도 행태는 아낌없는 축하와 국가의 영광으로 돌리는 측과 그의 정치적 행보에 대한 강한 비난과 서방의 음모론까지 들먹이는 측으로 엇갈렸지만, 그의 문학성에 대해 이의를 제기하는 기사는 찾아 볼 수 없었다.

파묵은 수상 소감에서 "이 상은 단지 나 개인에게 수여한 것이 아니라, 터키 문학, 터키 문화, 터키어에 수여한 상이라 생각한다. 나는 삼십이 년간 하루 평균 열 시간을 글쓰기에 할애해 왔다. 노벨상은 문학에 대한 나의 사랑과 열정의 열매라 생각한다. 나의 조국을 생각하니 아주 행복하다."라며, 노벨 문학상이 개인의 영광이 아니라 터키 전체의 기쁨으로 받아들여졌으면 하는 바람을 피력했다. 그리고 그가 "이 상을 받았지만 나의 일상은 변하지 않을 것이다. 물론 내게, 그리고 우리 조국에게 커다란 영광이지만, 나는 그래도 과거의 오르한으로 있을 것이다. 이 상은 나의 집필 습관이나 문학에 대한 열정이나 집착을 바꾸지 않을 것이다."라고 덧붙인 대목에서 그의 작가로서의 투철한 장인 정신을 엿볼 수 있으며, 또한 독자들에게 보내는 약속과 그 자신을 더욱 채찍질하려는 의지도 찾아볼 수 있다.

파묵은 노벨 문학상 수상 연설문인 「아버지의 여행 가방」에서 소설을 써 온 자신의 자아를 아버지에 대비한다. 파묵의 아버지는 부유한 조상들과 부친의 유산을 받아 부족함 없이 풍족한 삶을 마음껏 누린 상류 지식인이었다. 여러 분야의 흥미로운 일을 해 보려 했지만, 사업은 잘되지 않았다. 커다란 서재가 있었으며, 시인이 되고 싶은 소망도 있었다. 수상 연설문에 언급된 것처럼 그는 발레리의 시를 터키어로 번역하고자 했으며, 글쓰기나 문학에 대한 흥미도 많았으나 진심으로 하나의 일에 뛰어들지 않고, 그저 사람들과 어울려 행복하고 즐겁게 인생을 산 사람이었다.

파묵은 이런 아버지의 삶을 동경하는 한편 매우 커다란 분노와 질투심도 느꼈다.(하지만 그는 이 솟구치는, 말할 수 없는 감정들에 비례해서 자신이 살아온 작가의 삶이 옳았다는 것을 확인하게 된다.) 이 분노는 타인에 대한 분노라기보다는 자신이 선택하지 못한 세계에 대한 안타까움과 동경에서 비롯된 강렬한 감정이라고 보는 게 옳다. 파묵에게 아버지는 행복하고 평범한 삶을 살다간 자상한 존재일 뿐, 작가의 삶을 걸어가면서 치열하고 고독하게 살았던 존재는 아니었다. 아버지는 어머니와의 불화로 종종 집을 떠났는데, 이로 인해 파묵은 부성에 대한 부재감과 어릴 때부터 항상 비교와 우열의 대상이었던 형에 대한 열등감 속에서 무척이나 번민했다. 그래서 아버지의 여행 가방을 열어 보는 것을 두려워했고, 아버지가 자신이 알지 못하는 다른 존재라는 것을 발견하길 원치 않았다. 이는 『새로운 인생』의 주인공이 겪는 모험을 연상시킨다. 주인공은 단순히 한 권의 책을 읽었을 뿐인데, 이후 그의 삶은 완전히 바뀌고, 자신이 알고 있던 세계에 감춰져 있던 비밀이 모두 드러나는 것이다.

파묵은 작가로서의 삶이 아닌 행복하고 유유자적한 부유층의 삶을 누릴 수도 있었지만, 이스탄불에서 태어난 영혼의 숙명으로 스스로 문학의 길을 선택했다. 자신의 삶과는 전혀 다른, 즉 타인과 자유롭게 어울리며, 작가가 아닌 다른 삶을 매우 행복하고 안락하게 즐기는 존재들에게 느낀 그의 감정은 고통인 동시에 동경이었을 것이다.

파묵은 에세이 「작가의 일상」에서 작가의 탄생에 대해 "작가라는 직업은 엄격한 규율을 요한다. 그 규율은 수백 가지이다. 그것들이 글을 쓸 수 있도록 떠민다. 당신은 글을 쓸 수 있는 장소로 와서 커피를 끓이고 작은 의식을 시작해야 한다. 그것은 무엇인가? 책상 위의 커피, 작은 메모지, 해야 할 일. 그 속에서 당신은 전화선을 뽑고 혼자 서성거린다. 그러다 책상에 앉는다. 당신에게 글을 쓰도록 강요할수록 당신은 행복해진다. 당신은 이런 것이 행복이라는 것을 믿어야 한다. 이러한 의미에서 작가는 규율이 필요한 직업이다. 군대에서 행하는 의식이나 규율은 외부에서 보면 난센스 같다. 하지만 사실은 의식 자체보다 그 의식을 따르는 것이 중요하다. 글을 쓸 때도 마찬가지이다. 다른 사람에게는 난센스처럼 보일 수 있는 나의 의식과 습관 들이 사실은 하루 종일 나로 하여금 종이에 복종하게 하고 글에 존경을 표하게 한다. 어떤 의미에서 나는 규율이란 것에 채찍질당하고 억지로 떠밀리고 길들여지고 훈련되면서 작가가 된 셈이다."라고 말한 바 있다.

그가 여러 매체를 통해 직간접적으로 밝혔듯, 그리고 개인적으로 여러 번 인터뷰와 만남을 통해 느꼈듯, 파묵은 작가라는 삶을 무척이나 소중히 여기며 수도승처럼 자신을 수백 가지의 여러 조건과 제약으로 집필실에 얽어맨 채 글을 쓰고 있다. 적어도 내가 만난 국내외의 여러 작가나 집필가 중에서 파묵은 무척 성실하고 계획적이고 반복적인 작업(파묵에게는 황홀한 고통이며 최고의 행복을 가져다주는 노동)을 계속해 나가는 사람이다. 그는 스스로를 일상적이며 범용한 세속으로부터 격리시킨다. 일상의 인간이 누릴 수 있는 평범하고 소박한 행복과 유리된다는 의미이다. 이러한 각오와 의지 없이 작가는 만들어지지 않는다고 그는 자신의 삶을 통해 말한다. 그는 여전히 특별한 경우를 제외하고는 하루에 열 시간 이상 집필을 계속한다.

파묵은 「아버지의 여행 가방」에서 "당신은 왜 글을 씁니까?"라는, 작가에게 가장 근본적인 질문이면서 작가가 제일 많이 듣는 질문에 자신의 내적 혼란과 감추고 싶은 열등감을 솔직하게 털어놓았다. 그리고 우리는 가슴이 메어지듯 안타까운 작가의 영혼을 들여다보는 동시에, 파묵이 작가로서의 길에 진정으로 만족하며 행복을 느낀다는 걸 의심하지 않게 된다. 그는 세계 곳곳의 도서관에 자신의 책이 꽂힐 거라는 낙관적인 생각으로 작가의 길을 가면서 무한한 행복을 느낀다고 말한다. 하지만 이스탄불이라는 변방에서 부유한 집안의 남부러울 것 없는 아들로 태어난 인물이 모든 것을 포기하고 오로지 작가의 길을 가면서 평범한 삶에서 허락된 모든 행복에 등을 돌린 것은 분명 쉽지 않은 선택이었을 것이다.

그렇다. 파묵은 그의 말을 빌리자면, 글쓰기에 무한한 행복을 느끼면서, 도무지 행복할 수 없기 때문에, 행복하기 위해서 글을 쓰는 천성적인 작가라고 말할 수밖에 없다. 그래서 파묵이라는 작가의 운명을 터키, 좀 더 좁혀 말하면 이스탄불이라는 도시가 처한 운명과 연관시킬 수밖에 없다. 파묵이 "이 세계, 즉 삶에서뿐만 아니라 문학에서의 나의 위치에 대해 내가 품고 있었던 근본적인 명제는 내가 '중심부에 있지 않다.'라는 것이었습니다. 세계의 중심부에는 우리의 삶보다 더 풍부하고 매력적인 삶이 있었습니다. 그리고 나는 이스탄불의 모든 사람들, 터키의 모든 사람들과 함께 이 중심부 바깥에 있었습니다."라고 말한 것을 볼 때 그 자신이 오늘날의 터키와 이스탄불을 세계의 변방으로 몰아넣었던 것이 아닐까 하는 의구심이 생긴다. 그래서 자신을 통해 하나의 거대한 반전, 말 그대로 소설적인 어떤 위대한 변화를 이뤄 내고자 노력했던 것은 아닐까 생각하게 된다.

파묵은 자신이 태어나고 자라 온 고향 이스탄불이 세계의 어느 경계에 속해 있는지 잘 인식하고 있다. 그러나 동시에 『이스탄불』에서 "폐허와 비애, 그리고 한때 소유했던 것을 잃었기 때문에 내가 이스탄불을 사랑한다는 것을 서서히 알게 되었다."라고 말한다. 파묵은 결국 남루하고 몰락한 현실을 확인하는 대신 자신을 좁은 집필실에 몰아넣고 문학을 통해 변방인 터키와 이스탄불을 세계의 중심부로 끌어올리는 방법을 택했다. 그리하여 마침내 "내가 어렸을 때 그리고 청년 시절에 느꼈던 것과는 정반대로, 이제 내게 있어 세계의 중심부는 이스탄불입니다."라고 말할 수 있는 문학적 성취를 거두게 된 것이다.

그러나 여기서 잠시 "단지 내 아버지뿐만 아니라, 우리 모두는 세상에 중심부가 있다는 생각을 지나치게 중요시하는 것 같습니다. 하지만 글을 쓰기 위해 우리를 오랜 세월 동안 방에 가두는 것은 이와는 정반대인 어떤 믿음입니다. 어느 날엔가 우리가 쓴 것들이 읽히고 이해될 거라는, 왜냐하면 사람들은 세계 어디에서나 서로 닮아 있기 때문이라는 믿음입니다."라는 파묵의 진지하고 순수한 말을 주목해 보자. 변방에 살면서 느끼는 고독과 과거에 대한 굴욕과 미래에 대한 두려움과 주변에 대한 분노가 가끔 우리를 우리가 아닌 다른 존재로 변하게 할 수 있다는 사실을 기억해야 할 것이다. 그때 주변의 모든 폐허 속에서 먼지를 뒤집어쓴 채 존재하고 있을 한 권의 책을 가능케 한 것은, 책이 영원히 존재할 것이며, 책 속의 이야기를 통해 그 이야기를 지은 존재는 행복했으며, 무수히 많은 사람들의 찬사와 영광 속에서 기억될 것이라는 믿음을 갖고, 스스로를 변방보다 더한 집필실의 고독과 영감으로 유폐시킨 작가였다는 사실을 기억해야 할 것이다. 파묵의 삶과 그의 고백처럼.

파묵에게 있어 아버지의 여행 가방은, 작가로서의 삶을 선택했기 때문에 누리지 못했던 인간으로서의 평온한 일상, 그리고 그 일상 속에서 상상의 세계를 이룩하지 못했음을 증명하는 아버지의 삶에 대한 암시이다. 누구나 영혼 속에 가방 하나씩은 있고, 이 가방 속에 자신이 선택할 수 있는 가장 소중하면서도 가장 부끄러운 그 무엇을 담고 있는지도 모른다. 파묵이 아버지의 여행 가방을 빌려 솔직하게 털어놓은 한 작가의 내면을 우리는 눈치채야 할 것이다. 파묵과 아버지가 여행 가방을 사이에 두고 그 가방의 존재를 알면서도 짐짓 모른 채 침묵으로 서로를 배려했던 것처럼.

문학에 인생을 건 독자가 만약 이 글을 읽는다면, 이후 쓴 글들이 당신의 가방에 담길 수 있기를, 그리하여 그 가방이 풍족해지기를 간절히 빌어 본다. 파묵의 문학 인생을 보건대, 모든 것들은 역시 자신의 소망과 신념에서 시작되고 완성된다.

오르한 파묵

변방에서 중심으로

1판 1쇄 찍음 · 2013년 3월 20일
1판 1쇄 펴냄 · 2013년 3월 25일

지은이 · 이난아
발행인 · 박근섭, 박상준
편집인 · 장은수
펴낸곳 · (주)민음사

출판등록 © 1966. 5. 19. 제16-490호
서울시 강남구 신사동 506번지 강남출판문화센터 5층(135-887)
대표전화 515-2000 © 팩시밀리 515-2007
www.minumsa.com

ISBN 978-89-374-8671-5 93830